길 잃은 언어의 끝에서

길 잃은 언어의 끝에서

정민우 지음

모든 새가 각자만의
날갯짓을 하며
하늘 길을 따라 날아.

슬픔과 불안으로 힘든 당신에게
위안이 되기를.

저기-, 저 나를 다치게 할 것 같은 돌부리가
걸림돌인지 디딤돌인진 가봐야만 알 거야.

바른북스

목차

1 *6*

11 2

3 *23*

29 4

5 *38*

45 6

7 *71*

91 8

9 *108*

121 10

11 *138*

157 12

13 *182*

작가의 말

1

  나는 차를 몰고 대로를 달렸다.

  내가 지금 달리는 곳에서 북서쪽으로 고개를 돌리면 1킬로 정도 너머로 팔달교가 보인다. 팔달교 다리의 삼각형 철선. 이건 해지면 형형색색의 형광이 들어오는데 밤에 보면 꽤나 운치 있다. 여러 색으로 바뀌는 불빛의 다리는 예쁘지만 화려하진 않은 느낌이라 이를 볼 때면 늘 묘한 감정이 든다. 어두운 밤에 운치 있는 불빛 다리. 영문을 모르겠다. 그냥 밤의 그것은 슬프면서 평온해 보인다. 허탈하면서 활기차 보인다. 지금은 오후 네 시 반이다. 오늘은 그 묘한 기분을 가질 수 없어 좀 아쉽단 생각이 든다.

  그러나 크게 개의치는 않는다. 굳이 팔달교를 보기 위해 대로를 달리고 있는 건 아니기 때문이다. 집에서 차를 몰고 나올 때까지만 해도 나는 그저 드라이브나 가고자 했을 뿐이었다. 나는 달릴 수 있는 곳이라면 어디든 괜찮았고, 그렇기에 애초에 목적지 따윈 염두에도 없었다. 그저 차를 몰고 어디가 됐든 쭉 달리는 과정만이 내 계획의 전부였던 것이다.

그래서 나는 내가 사는 곳인 대구 북구에서 그나마 가까이에 있는 도시고속도로인 신천대로를 타고 무작정 칠곡으로 향했었다. 그리고 현재, 칠곡에서 다시 내 동네를 향해 같은 대로를 타고 돌아오는 중에 우연히 팔달교를 마주했을 뿐이다.

하지만 길을 가다 우연히 바라보게 된 지난날의 아름다움에 잠시 시선을 두고 싶은 건 누구에게라도 마찬가지일 것이다. 나로서도 첫 계획이 무색하리만치 운치 있던 다리의 기억에 마음을 뺏겼으니까. 그러나 이제쯤 마음속에 괜한 공허함이 들기 시작한다. 내가 들어선 대로의 차선은 저 다리를 향해 있지 않고, 나는 계속 액셀을 밟아야 하기 때문인지도 모르겠다. 아쉽지만 또 슬프지만 억지로라도 앞에 시선을 두고 운전을 해야 한다. 시선이 영 멈춰버리면 결코 아름답지 않은 대형 사고를 보게 될 것임을 기억해야 하기 때문이다.

잠시 성실히 운전을 하다 문득 차창 너머 멀리로 하늘을 보게 됐다. 탁한 잿빛 구름이 떠 있다. 곧 비가 내릴 것 같다. 빨리 가야지, 나는 속도를 조금 올렸다.

조금 빨리 차를 몰아 집에 도착할 때쯤 빗방울이 툭툭 떨어지기 시작했다. 나는 주차장으로 들어서면서 자동차 창문으로 다시금 하늘을 봤다. 하늘이 먹먹해 보였다. 구름은 꿀꿀했다. 곧이어 긴 빗줄기가 내릴 것 같다.

집에 들어서자마자 나는 부엌으로 가 커피를 탔다. 머그잔에 원두 가루 세 스푼을 넣고, 정수기로 뜨거운 물을 받았다. 뜨거운 김과 함께 은은한 커피 향이 올라온다.

나는 커피를 들고 거실을 가로질러 발코니로 향했다. 발코니 탁자 위에 읽다 만 오래된 소설책 세 권이 뒤집힌 채 서로 겹쳐져 놓여 있었다. 창밖으론 어느새 비가 우후죽순 내리고 있다. 나는 발코니 의자에 앉았다. 그리고 탁자에 커피를 내려놓곤 책을 읽을까, 비 오는 바깥을 조망할까 잠시 고민했다.

지금은 딱히 독서를 하고 싶지 않다. 그러나 창밖으로 시선을 돌리면, 너무 세차게 내리는 비 때문에 널따란 창에 담기는 것들이 모두 울퉁불퉁하고 흐릿하게 보일 뿐이다. 그래서 나는 겹겹이 쌓인 책들로 시선을 옮겼다. 그리고 그중 가장 결말이 얼마 남지 않은 책을 집었다. 그리고 천천히 읽어가기 시작했다.

차분히 글을 읽어가다 문득 표현이 예쁜 문장이 눈에 차면 앞뒤 문장과 함께 그 문장을 몇 번이나 곱씹었다. 중간중간 커피를 마시면서. 나는 책 읽는 속도가 그리 빠르지 않다. 아니 사실 많이 느린 편이다. 그러니 몇십 쪽 남지 않은 이 책 표지를 덮는 것

보다 바깥의 비가 그치는 게 더 빠를 것이다. 어쩌면 표지를 덮을 즘 해가 날지도 모른다. 어쨌거나 언젠가 먹구름이 갠다는 것을 희망하며 예쁜 문장을 기억하고 있으면, 생각보다 슬픔의 시간은 빨리 갈지도 모른다.

한 시간가량 독서를 하다 나는 책을 다시 다른 책들 위에 겹쳐 올렸다. 몸이 조금씩 불편해 와 더는 앉은 자세로 있기 힘들었다. 한쪽 등허리가 쿡쿡 쑤셔오듯 아파왔기 때문에 독서에 집중하기 어려웠다. 사실 도시고속도로에서 속도를 올린 것도 바로 이러한 이유 때문이었다. 머잖아 비가 많이 내릴 것 같고, 따라서 내 문제의 등허리에 통증이 유발될 것이 염려되었기 때문이다. 나는 오른쪽 신장을 기증하려다 실패했다. 날이 흐릿해져 오면 가끔 절개했던 그 부위가 아파온다.

나는 일단 자리에서 일어났다. 그리고 커피잔을 부엌 싱크대에 내려놓고, 양치를 한 후 내 방으로 가 침대에 누웠다. 확실히 누우니까 한결 통증이 사그라진 것 같다. 적어도 앉아 있을 때보단 낫다. 물론 그럼에도 여전히 아픈 부위에 신경이 쓰이는 건 어쩔 수 없지만 말이다.

신경이 자꾸 그쪽으로 가니, 자연히 내 신장에 관련된 슬픈 기억이 떠올랐다. 나는 그 기억을 애써 회피하려 다른 생각을 시도했다. 하지만 괜한 시선의 회피는 오히려 슬픔의 때를 더욱 바라보게 만든다.

지금으로부터 약 넉 달 전인 작년 12월, 곧 내가 아직 스물네 살이었을 때 나는 오래도록 신장병을 앓던 사람에게 내 신장을 기증해 주기로 했었다. 내 신장을 수혜받기로 한 사람은 나보다 두 살 연상의 누나였다. 나는 그녀에게 내 신장을 나누기로 했고, 함께 수술실에 들어가기로 했다. 그리고 이식 수술 당일 나는 수술실까지 그녀와 함께 들어갔고, 혼자 나왔다.

창문을 때리는 빗소리가 들린다. 귀 가까이에서 들려오듯 생생한 소리다. 나는 내 방 천장을 바라봤다. 천장 위에, 당시 마취에 깨고서 가장 먼저 마주한 의사 선생님의 숙연한 표정에 난데없어 하는 내 얼굴이 그려졌다. 대충 어떤 얼굴이었을지 상상이 갔다.

이윽고 나는 스마트폰으로 시간을 확인했다. 이제 막 오후 여덟 시를 넘기고 있었다. 잠을 자기엔 많이 이른 감이 있다. 아직 부모님께서도 야근을 마치지 못하신 시간대다. 그러나 일찍 잠자리에 들어 나쁠 건 없다. 공교롭게도, 마침 내일이 신장 수술 후 후유증 유무와 관련해 마지막 검사를 받으러 해당 병원에 가야 할 날이기에 아침 일찍 눈을 떠야 하기도 하다. 그리고 무엇보다 가만 누워 있으니 계속 졸음이 밀려온다. 나는 잠을 청했다. 곧 졸음이 암막으로 감싸듯 내 눈꺼풀을 무겁게 가렸다.

2

"일어나세요! 일어나세요!"

힘겹게 뜨인 내 두 눈 사이로 간호사님의 얼굴이 보인다. 간호사님의 이목구비는 보여도 보이지 않는 것과 같다. 그녀의 생김새를 알아차릴 수 없다. 그저 머리를 뒤로 묶은 간호사님이 나를 보며 일어나라고 외치고 있단 것만 알 뿐이다.

툭툭, 내 어깨에 적당히 부드러운 압력이 느껴졌다. 간호사님이 내 어깨를 손으로 치고 있다.

내가 어떤 반응을 그들에게 보인 것 같다. 곧 내가 누워 있는 침대의 바퀴가 땅을 구르는 소리가 귀에 들려왔다. 힘없는 내 눈동자 속에 간호사님 두 분의 옆모습이 어렴풋이 보이고, 그 너머로 유백색 형광등이 여럿 스쳐 갔다.

아마도, 이제 막 회복실에서 일반병실로 옮겨가는 듯하다.

이윽고 바퀴 쪽으로부터 탁, 하는 둔탁하고 찰진 소리가 들렸다. 유백색 형광등은 고정돼 있고, 간호사님 두 분은 내 몸과 연결된 굵은 호스와 가는 호스를 손으로 만지더니 곧 시야에서 사라져갔다.

잠깐 졸았다 깬 기분이 든다. 그러나 나는 다시금 눈을 감았다.

잠시 후 내가 수면으로부터 슬금슬금 빠져나와 눈꺼풀을 내 손으로 비빌 때쯤, 나는 모든 게 다 끝났구나, 생각했다. 여기는 2인실. 나는 고개를 옆으로 돌렸다.

그러나 침대는 보이지 않는다.

병실 문이 열린다. 나는 반대편으로 고개를 돌렸다. 호흡기 속의 내 입술이 가늘게 벌어져 있음을 내 볼의 근육으로 느낄 수 있다.

그리고 흰색 가운의 의사 선생님의 모습이 보인다.

나는 그를 봤다. 동정인지, 실망인지, 겸허함인지 모를 묘한 감정이 섞인 그의 얼굴을 보았다.

왜 침대 하나가 더 들어오지 않는지,

왜 선생님의 표정은 그러하신지, 묻고 싶지만 나는 이미 불안함을 느끼고 있었다.

'무언가 잘못되었구나.'

선생님께서 말한다, 여전히 묘한 표정을 한 채로.

"유감스러운 소식을 전해야 할 것 같구나…."

"어째서요?" 마취에서 깨고서 내가 꺼낸 첫말이다. 그는 말했다.

수술 중에 '그녀'에게 부정맥이 찾아왔다고, 신장 이식을 시작하려 환부를 절개하는 도중 '그녀'의 심장 리듬이 갑자기 비정상적이 됐다고, 리듬을 잡으려 최선을 다했지만 안타깝게 됐다고. 그러면서 그는 내게, '그녀'의 사망 소식을 알려주기가 몹시 고민됐다고 했다. 그러나 말할 수밖에 없었다.

"다름 아닌 네 몸 때문에라도 일찍 말해두는 게 낫겠다 싶더구나. 너도 수술 중 상처가 생겼으니 말이다…."

나는 울다 잠에 들었다.

까만 밤이 한 번 휙, 빠르게 지나갔다. 한 개의 어두운 밤 위에 나는 한 줌의 꿈도 그리지 못했다. 수술이 있은 날 '그녀'의 장례가 열렸고, 나는 그다음 날 환자복 차림으로 병원 옆 장례식장으로 갔다.

식장 안을 서성이던 나는 벽에 걸린 '그녀'의 활짝 핀 얼굴을 발견하곤 걸음을 세웠다. 안으로 들어서자 단상이 펼쳐져 있고, 검은 복장의 상주 여러 명이 앉아 있는 모습이 보인다.

단상 위로 올라서자 '그녀'의 부모님께서 내게로 다가오셨다. 아버님의 눈이 붉다. 어머님이 내 손을 꼭 잡으셨다. 나는 조의를 표하지 못할 거대한 상실을 느꼈다.

'삼가, 삼가, '선영' 누나의 명복을' 입가에 맴돌지만 나오지 않았다. 아버님께서 내 어깨를 토닥이셨다. 어머님께서 힘겹게 말쓸하신다.

"미안하고, 고마워요…."

나는 울며 주저앉아 버렸다, 두 분 사이에서. 나의 무너짐에 두 분은 소리 없이 울기 시작하셨다.

또다시 밤은, 어김없이 지나간다. 한 번의 밤이 몹시 빨리 스쳐 갔는데, 밤이 끝나고 새벽 여섯 시 눈을 뜰 때면 나는 꼭 옆 침대를 확인하곤 했다. 깔끔한 수납장.

새벽 일찍 지하 1층 검사실로 향할 때면 나는 복도에서, 승강기 안에서, 검사실에서 '그녀'와 나란히 있는 모습을 상상하곤 했다.

그렇게 두 번째 밤이 지난 날, 나는 그만 퇴원을 했다. 모든 퇴원 준비를 마치고 병원 문밖을 나서려 하는데, 갑자기 가슴이 답답해 오기 시작했다. 땀이 흐르기 시작한다. 힘겹게 한 걸음 내딛는데 현기증이 인다.

...

나는 눈을 뜸과 동시에 상체를 벌떡 일으켜 세웠다. 기피하고픈 기억을 너무도 생생한 꿈으로 꾸었다. 지금 온몸에 약간의 긴장이 감돌고, 등은 온통 땀에 젖어 축축하다.

이윽고 나는 등을 벽에 바짝 붙이고 여러 차례 느린 숨을 들이마셨다. 그리고 현실감각을 되찾듯 두 뺨을 손으로 살짝 두들겼다.

왜 갑자기 내 신장 지정 수혜자인 '그녀'와 관련한 꿈을 꾸게 된 건지 모르겠다. 최근엔 자면서 이렇다 할 꿈을 꾼 적도 없었는데 말이다. 혹, 잠자리에 든 시간대가 평소 때완 달라서 그런 것일까? 수면 리듬이 붕괴돼서? 그러나 잠자는 시간대와 '그녀'의 꿈이 꾸인 것이 무슨 상관인가. 아니면, 병원에 가야 한다는 사실 때문에 괜히 그런 꿈을 꾼 걸까? 모르겠다. 지금은 건설적인 생각을 할 정신이 없다. 당장엔 아직 가시지 않은 비몽사몽의 잠기운을 몰아내는 게 먼저인 것 같다.

나는 곧 방에서 나와 거실 불을 켰다. 그 후 부엌으로 가서 시원한 물로 몇 차례 목을 적셨다. 그리고 욕실로 들어가 찬물을 틀어놓고 연거푸 얼굴에 물난리를 때렸다. 잠이 확 가시는 듯하다. 기분도 한결 나아지고, 무엇보다 온몸에 돌던 긴장감이 조금씩 누그러드는 것 같다.

이윽고 나는 욕실에서 나와 거실 소파로 가려 몸을 돌렸다. 그런데 문득 욕실 옆에 위치한 큰방의 문이 살짝 열려 있는 게 눈에 들었다.

나는 문틈 새로 고개를 살짝 내밀었다. 부모님이 자고 계신 게 보였다. 현관문이 열리는 전자음소리를 잠결 중에라도 놓친 적이 없는데, 오늘은 들은 기억이 없다. 그리고 아마도 귀가하신 부모님께선 자고 있는 내 모습을 보시곤 조용히 내 방을 그냥 지나치신 것 같다. 나는 조심스레 방문을 닫았다. 그리고 거실 소파로

가 앉았다.

거실 벽면에 설치된 전자시계는 오전 세 시를 찍고 있었다. 일곱 시간 가까이를 자고 일어났음에도 아직 밤은 깊다. 창밖으로부터 여전히 빗소리가 들린다. 이윽고 나는 소파에 상체를 최대한 젖히고 편한 자세를 취했다. 그리곤 두 눈을 감고 잠시 빗소리에 귀를 기울였다.

빗소리는 크지도 작지도 않았다. 그리 세차단 느낌도 약하단 느낌도 없었다. 빠르게 내리고 있는 것 같지도 느리게 내리고 있는 것 같지도 않다. 소리로 미루어 알 수 있는 건, 그저 비가 균등한 굵기로, 균일한 강도로, 일정한 속도로 세상을 치고 있단 것뿐이다.

문득 '그녀'의 심박소리가 상상됐다. 수술 당시 그녀의 심박소리. 내가 수술대 위에서 잠들어 있는 동안 그녀의 고동소리는 어땠을까. 나는 알지 못한다. 그러니 이렇게 두 눈을 감고, 수술 중일 때 그녀의 심박이 어땠을지 상상해 보는 것 외엔 달리 방법이 없다. 가슴이 시큰하게 아파온다.

당시의 나는, 우리의 담당 의사 선생님께 그녀의 마지막 심박소리가 어땠느냐고 꼭 물어 알고 싶었다. 그러나 굳이 선생님을 찾아가 물어보지 않았던 것은, 막상 구체적인 얘기를 들으면 내가 너무 힘들어질 것 같았기 때문이다. 그러나 몇 달이 흐른 지금은 그것을 알고 싶다. 그녀의 심박이 갑자기 느려진 걸까? 아니면 빨라진 걸까? 오늘 그녀의 꿈을 꾸어 괜히 더 알고 싶은 건지도 모르겠다.

이윽고 갑자기 빗소리가 거세지기 시작했다. 나는 눈을 뜨고 발코니 창을 향해 고개를 돌렸다. 소나기처럼 급하고 드센 비가 내리고 있었다.

기세가 강한 비는 그리 오래 내리지는 않았다. 일 분 정도가 지나자 빗물은 다시금 줄어들기 시작했다. 나는 멍하니 밤하늘을 바라봤다. 하늘은 먹구름에 가려 달도 별도 보이지 않는다. 암전이 온 것 같은 하늘을 가만 보고 있자니 한순간 눈물이 차올랐다.

돌이켜보면, 내 마음이 가장 크게 무너졌던 날은 '그녀'가 세상을 뜬 당일이 아니라, 그녀의 장례식장에 내가 갔던 날이었던 것 같다. 그전까지 나는 그녀의 부재가 좀처럼 실감 나지 않았다. 나는 그녀가 죽은 후 하루간, 눈을 뜨면 내 옆의 침대에 그녀가 버젓이 누워 있을 것만 같은 기분을 느꼈었다. 나는 그녀가 죽었음을 알고 있음에도 그런 기분 속에 잠에 들고, 역시 그런 기분 속에 다음 날 오전 잠에서 깨었다. 말하자면, 이미 어두운 정전은 찾아왔지만 나는 허공의 소망과 희망을 바라보길 포기하지 못하고 있었던 것이었다.

그러나 그녀의 장례식장에서 나는 웃고 있는 그녀의 영정 사진 앞에서 비로소 슬픔을 직시했다. 나는 그 사진 앞에서 그녀가 떠났음을 온몸으로 실감할 수밖에 없었고, 또 그녀와의 앞으로의 관계를 꿈꿨던 내 희망과 소망마저 모두 떠나가 버렸음을 마음으로 알아차릴 수밖에 없었다. 그리고 그건 고통스러운 직시였다.

조금 많이 울고 싶다. 눈물이 조금 전보다 더 차오르지만 울지 않을 거다. 어차피 밖에 비가 내린다.

나는 일어나 부엌으로 갔다. 감정을 환기시킬 겸 찬물을 마시고 싶었다. 컵에 찬물을 가득 따라 벌컥벌컥 마시자 꽉 메인 속이 쓸려 내려갔다. 하지만 가슴이 시린 건 어쩔 수 없었다. 나는 정수기에서 뜨거운 물을 조금 받았다. 그리고 다시 소파로 돌아와 앉았다.

모락모락 피어오르는 김을 입으로 후후 불며 뜨거운 물을 조금 마시려 했다. 컵 주둥이를 입술로 물고 천천히 한 모금 마시려 하는데, 갑자기 파란빛이 번쩍이며 거실에 들었다 나갔다. 번개였다. 나는 깜짝 놀라 반사적으로 손을 기울이다 자칫 입술을 델뻔했다. 그러나 매우 다행히도 뜨거운 물은 아주 약간만 입술에 닿았다.

나는 컵을 바닥에 내려놓았다. 그리고 잠시 천둥을 기다렸다. 왜 기다린 건지는 나로서도 잘 모르겠다. 그냥 당연히 천둥이 울릴 거라 생각하고 큰 소리에 대비하기 위해, 컵을 내리고 소리를 기다린 것 같다. 그러나 몇 초가 지나도록 천둥은 울리지 않았다. 모든 번개가 요란한 소리를 동반하진 않는다. 아마 나처럼 이 한밤을 지내고 있는 사람만이 번개가 쳤음을 알 것이다.

진한 슬픔의 짙기도 시간이 흐르며 나름대로 희석이 된다. 무엇으로 옅어지는지도 모르지만, 갇혀버리지만 않는다면 아주 조금이라도 옅어지고야 만다. 하지만 슬픔이 밀어붙이는 예고 없는 충격은 예상치 못한 또 다른 흉터를 새겼다.

'그녀'가 사망한 지 삼 일째 되는 장례의 마지막 날, 나는 병원에서 퇴원을 했다. 나는 그때 병원 문손잡이를 잡으면서 '그녀'는 이제 없다고, 그녀의 빈자리가 너무 크다고 생각했다. 그녀의 부고가 너무 크게 느껴졌던 나는 문손잡이를 밀 자신이 없었지만, 힘든 몸과 마음을 억지로 이끌며 문밖을 나섰다. 그런데 문을 열고 밖을 나서는 순간 불안이 마치 번개처럼 내게 한순간 몰아쳤다. 갑자기 몸이 떨리고, 머릿속에선 한 가지 의문이 맴돌았다.

그 불안증은 아마도, 아니 분명히 그녀의 부고와 깊은 연관이 있을 테지만 원인을 짐작할 수 있어도 당장 증세를 어쩔 도리는 없었다. 그저 가슴이 계속 두근거리고 목덜미 쪽에서 긴장감이 감돌았다. 머릿속에선 한 가지 물음만이 자꾸만 되뇌어졌다.

내가 그때 머릿속으로 되뇌었던 한 가지 의문은 내 이름 뜻에 관한 것이었다. 왜 이름 뜻에 관한 생각을 되풀이했는지 영문을 알 수 없다. 불안증이 '그녀'의 부고와 전혀 관련성도 없는 물음을 자꾸만 던지게 했다. 지금 내가 그때를 생각하며 확실하게 말할 수 있는 건, 그때 내 안엔 평화라는 게 없었다는 것이다.

지혜로운 자는 물을 좋아하고, 어진 자는 산을 좋아한다는 '지자요수, 인자요산'이란 성어에서 따온 내 이름은, 부르는 이에게나 듣는 이에게나 뜻을 안다면 누구에게나 당연히 산과 바다를 떠올리게 했다. 그리고 모두들 자연히 산과 바다의 이미지에서 오는 편안함을 내 이름에서 기대하곤 했다.

 그러나 병원 문을 열고 나오던 날, 나는 묵직하고 편안한 산과 바다가 아니었다. 오히려 정반대의 그것에 가까웠다. 마음이 몹시 불편했고, 따라서 몸은 거센 풍랑처럼 떨리고 머리는 깊은 산중의 메아리처럼 의문을 되풀이했다. '대체 내가 어딜 봐서 수, 산일까.' 그 짧은 물음이 계속 맴돌았다.

 그러나 불행 중 다행히도 당시의 그 떨림은 생각보다 빨리 그쳤다. 처음 마주친 불안에 현기증까지 일었던 나는 다리 힘이 풀려버려 그 자리에 그만 주저앉아 버리고 말았는데, 그제야 불안이 서서히 자취를 감추기 시작했던 것이다. 마치 '두더지 잡기'의 두더지처럼, 불안은 내 맘속 어느 한 곳으로 종적을 숨겨갔다.

 지금도 종종 그 두더지가 내 안에서 고개를 들어 올릴 때가 있다. 그럴 때마다 너무 힘들지만, 다행히도 현재는 내 불안증에 대한 내 나름의 대응책을 알고 있는 상태다.

 불안의 첫날 이후 나는 불안에 대비하기 위해 그것에 관한 많은 서치를 해볼 수밖에 없었다. 그날 이후 나는 국가건강정보포털과 같은 신뢰할 만한 포털 등에서 올려주는 자가진단 검사를 해보았고, 관련 환자들을 위한 권고사항을 일상에서 실천해 나갔다. 조금이라도 덜 아프려면, 아니 조금이라도 더 나으려면 가만히 앉아 있어선 안 됐다. 다행인지 불행인지, 내 상태는 굳이 신경과를 찾아가지 않아도 될 정도였다. 나는 일반인에게서 조금 심한 수준, 달리 말하면 증세가 있지만 약한 정도였다.

또한, 나는 관련 권고사항을 실천해 나가면서, 불안증이 밀려올 때 글을 써보는 것이 내게 유독 많은 도움이 된다는 걸 알게 되었다. 불안의 전조가 시작되었을 때, 펜을 들고 종이 위에 그 순간 머릿속에 들어차는 의문을, 그 순간의 내 생각을, 그 순간의 내 감정을 있는 그대로 써보니 불안은 어느 정도 해갈되어 갔다. 그래서 나는 현재도 혹 불안이 올 때면 그 순간의 내 생각과 감정을 종이 위에 있는 그대로 써본다. 그것이 내 나름의 대응책이다.

지금 이 힘든 시간이 언제쯤 끝날까, 갑자기 그런 생각이 든다. 언젠가 끝나고 좋은 시간이 올 것이다, 다음으로 들어찬 생각이었다. 나는 발코니를 향해 고개를 돌렸다. 발코니 안 나무 의자 그리고 테이블, 테이블 위에 겹겹이 쌓여진 아직 덜 읽은 책 세 권이 보이고 그 너머로 창밖이 보인다. 빗소리가 들리지 않는다. 그러고 보니 어느 순간 빗소리가 들리지 않았다.

나는 발코니로 나가 조심스레 창문을 열어보았다. 그리고 창밖으로 팔을 뻗곤 손바닥을 쫙 폈다. 빗방울이 너무 얇아 오는 듯 마는 듯 하다. 조금 기분이 좋아졌다. 내일엔, 아니 오늘 아침엔 확실히 해가 뜰 것 같아서다. 물론 해가 뜨기까지 몇 시간 더 남았지만 그래도 해가 뜬다는 것에 조금 힘이 난다.

 조심히 창을 닫고 안으로 들어오려는데 바닥에 놓아둔 컵이 눈에 들어왔다. 나는 거실로 들어와 컵을 들었다. 더는 김이 올라오지 않는 컵을 손에 쥐자, 뜨뜻한 온기가 느껴졌다. 마시기 딱 좋다. 나는 물을 몇 모금 마셨다. 기분 덕인지 물이 달다.

 거실 벽 전자시계를 보니 세 시 반이다. 일전에 말했듯 아침 일찍 신장 관련 마지막 검사를 받으러 병원에 가야 하니, 지금부터 몇 시간이라도 더 자야 할 것이다. 나는 거실 불을 끄고 다시 내 방으로 들었다. 그리고 침대에 누워 잠을 청했다.

3

어느 순간 잠결이 풀리면서 조그만 몸짓을 했다. 아직 이불을 개키지 않았고, 무거운 눈꺼풀마저 비비지 않았지만 나는 새날이 텄다는 걸 느낄 수 있었다. 그러나 잠결에 이미 금이 갔음에도 좀처럼 확 이불을 젖히고 일어날 의기가 들지 않았다. 눈을 떴더니 아직 밤이거나 혹은 늦은 오후가 되어 있진 않을까, 하는 두려운 마음이 들어서였다. 그러한 염려만으로도 벌써 기운이 빠진다.

그러나 문득 새벽 중 빗방울이 얇아졌던 게 떠오르면서, 지금이 어느 시간대든 최소한 비는 그쳤으리란 생각이 들었다. 곧 눈을 떠보니, 신선한 햇살 몇 줄기가 방 안을 가로질러 누워 있는 게 보였다. 나는 일어나 허리를 꼿꼿이 펴고 벽에 등을 붙였다. 괜한 염려였음에 피식 웃음이 나왔다.

목덜미로부터 선선한 바람이 불어오는 게 느껴졌다. 뒤를 돌아보니 창문이 반 뼘 정도 열려 있었다. 또한 내 방 뒤편 부엌 베란다의 창문이 활짝 열려 있는 게 보였다. 부모님께서 출근하시기 전 내 방에 바람이 통하도록 열어놓고 가신 게 분명했다. 다만 이른 새벽 찬 바람에 내가 잠에 깰까 싶어 내 방 창문은 살짝만 열어놓으신 것 같다.

시원한 바람이 내 방을 조금씩 에우고 도는 게 느껴진다. 은은하게 기분이 좋다. 두렵다고 눈을 뜨지 않았다면 신선한 햇살, 선선한 바람을 느끼지 못했을지도 몰랐을 거다. 그러나 생각보다 생체시간은 정확하다. 내 마음이 아직 겁을 내는데도 일어나야 한단 신호를 보내준다. 어쩌면 내가 할 수 있는 행복을 위한 최선은 이미 마련된 새날을 만끽하기 위해 용기 내어 눈을 뜨는 것 정도일지도 모르겠다.

이윽고 나는 침대에서 완전히 일어나 방 밖으로 나왔다. 기지개 한번 시원하게 켜고 부엌으로 갔다. 부엌 싱크대 선반 위에 걸린 원형 시계는 일곱 시 삼십 분을 향해 침을 옮기고 있다. 오전 열 시에 병원 검사 예약이 되어 있다. 조금은 여유를 부려도 될 것 같다.

부엌 가스레인지 위에 냄비가 놓여 있다. 뚜껑을 열어보니 김치찌개가 한가득 차 있었다. 어머니께서 아침 일찍 끓여놓고 가신 것 같다. 나는 가스불을 켰다. 몇 분 정도 팔팔 끓이고 나서 찌개를 그릇에 담고, 밥통에 밥을 푸고 식사를 시작했다.

맛있게 식사를 마치고서 나는 샤워를 하려 욕실에 들어갔다. 어림짐작으로 삼십 분 정도 느긋하게 샤워를 하고 나오자 여덟 시 이십 분 정도가 되었다. 곧 나는 머리를 말리고, 로션을 바르고, 검은색 슬랙스 바지에 흰색 리넨 셔츠를 입었다. 모든 준비를 마치고 지갑을 챙긴 후 스마트폰을 열어보니 오전 여덟 시 오십 분이었다. 병원까지 가는 덴 빠르면 삼, 사십 분, 천천히 돌아가면 한 시간가량 걸린다. 이제쯤 나가면 된다.

하지만 병원을 또 가려니 다시 망설임이 들었다. 아주 잠깐 시간이 멈췄으면, 했다. 그러나 나는 곧 살짝 고개를 저으며 생각했다. 됐다고, 생각하지 말자고, 그냥 가자고. 피곤함이 없지만 나는 일부러 기지개를 한 번 더 켰다. 부모님은 같은 회사를 다니시기에 한 차로 출근하신다. 그래서 부모님 차 두 대 중 한 대가 집에 남는다. 나는 차 키를 챙겨 집 밖을 나섰다.

사십 분 정도 차를 몰아 병원에 도착했다. 병원 출입 게이트를 통과해 언덕바지를 조금 오르자, 병원 본관과 그로부터 대각 쪽으로 조금 떨어진 곳에 세워진 지상주차장이 보였다. 본관 바로 앞으론 여러 대의 택시가 정차해 있고, 주차장 옆으론 조그맣지만 예쁘게 꾸며진 인공정원이 세워져 있다. 여기 올 때마다 느끼는 거지만 규모가 꽤 큰 종합병원이라 그런지 웬만한 것은 다 있는 것 같다.

이윽고 주차장을 오른 나는 남는 주차 구역을 찾아 이리저리 헤매었다. 그러다 곧 3층 가장자리에 한 자리가 남는 걸 발견하곤 그곳에 차를 세웠다. 차에서 내리자 허리께까지 오는 주차장 담 너머로 병원 전관이 보인다. 나는 천천히 아래를 훑어보곤 주차장을 내려 본관으로 들었다.

본관 1층 로비엔 수많은 사람들이 의자에 앉아 수납을 기다리고 있었다. 그러나 한쪽에 따로 구비된 무인수납기기를 이용하는 사람들도 왕왕 보였다. 나는 로비 한가운데 서서, 번호표를 뽑고 기다릴지, 무인기기로 바로 예약을 확인할지 잠시 고민했다. 그러다 무인기기를 안내해 주는, 자원봉사 유니폼을 입고 계신 웃는 인상의 아주머니 한 분과 우연찮게 눈이 마주쳤다. 나는 눈치를 살피는 꼬마처럼 이리저리 시선을 돌리다 결국 무인기기를 향해 갔다.

무인기기 앞에 서자 아주머니께서 밝게 웃으며 물어오셨다.

"무인기기 사용 처음이신가요?"

"네." 내가 답했다.

"뭐 하러 오셨어요, 청년?"

"예약이 되어 있어요. 진료 예약이요."

곧 아주머니께서 내게 어느 과에 예약이 되어 있는지, 주민번호 앞자리는 어떻게 되는지 등 이것저것 물어오셨다. 내가 또박 또박 대답하자 아주머니께서 대신 기기를 터치해 주셨다. 곧 예약 표가 뽑혔고, 나는 감사하다고 꾸벅 인사했다. 그러고서 뒤돌아 에스컬레이터를 타러 갔다. 그러나 다시금 몸을 돌려 무인기와 아주머니를 한번 바라봤다. 여전히 봉사하고 계신 아주머니의 옆모습은 매우 편안해 보였다. 밝고 푸근한 기운이 느껴진다. 그런 기운이 부럽고, 그립다.

이윽고 나는 4층 신장내과에 다다랐다. 내과 로비에서 예약확인을 하고 잠시 앉아 기다리자 곧 내 차례가 다가왔다. 나는 간호사님이 안내해 주는 진료실에 들어갔다.

진료실에 들어가자 의사 선생님께서 내 차트 기록을 유심히 바라보고 계셨다. 내가 의자에 앉은 후 몇 초가 지나도록 선생님은 내 기록이 뜬 모니터에서 눈을 떼지 않으셨다. 나는 선생님이 입을 여실 때까지 침묵을 지켰다.

사실 지금 내 눈앞의 의사 선생님은 나와 '그녀'의 담당의 선생님은 아니다. '그녀'와 나의 담당의 선생님은 오늘은 오후 진료 스케줄이기 때문이다. 며칠 전 병원 홈페이지를 통해 진료 예약을 할 때에 나는 일부러 담당의 선생님의 예약을 피했다. 괜히 그분의 얼굴을 보면 울음이 터져 나올까 봐 걱정됐기 때문이다. 지금의 나는 그럭저럭 마음 도리를 잘하고 지낸다. 굳이 눈물짓고 싶진 않다. 그리고 또 기존 검사 기록만 있다면 다른 선생님께서 봐주시는 것도 딱히 문제는 없지 않을까.

곧 의사 선생님께서 모니터에서 내게로 시선을 돌리셨다. 그리곤 몇 가지 질문을 하셨다. 평소 피곤함은 없는지, 한 달 평균 음주량은 어떤지 등. 내가 성실히 답하자 선생님께선 고개를 끄덕이시며 내게 혈액 검사와 초음파 그리고 CT를 비롯한 몇 가지 검사를 권하셨다. 나는 알겠다고 답했다.

그리곤 진료실을 나와, 간호사님의 설명에 따라 검사를 받으러 갔다. 여러 검사를 모두 마치자, 한 시간 가까이 시간이 흘렀다.

다시 신장내과로 돌아와 검사 결과를 기다리고 있는데 아주 조금 마음이 답답해져 왔다. 병원 안에 있는 시간이 길어질수록 '그녀'가 점점 더 생각났기 때문이다.

곧 다시 내 이름이 간호사님의 입에서 불렸다. 나는 진료실에 들어갔다.

의사 선생님의 소견으론 내 신장에 별문제는 없었다. 지금처럼 큰 무리 없이, 이를테면 음주를 잘 조절하는 것처럼 큰 과잉 없이 지내면 쭉 별 탈은 없으리라는 것이었다. 그 말을 들으니 옅은 미소가 지어졌다. 나는 감사합니다, 하고 인사드린 후 진료실을 빠져나왔다.

4

    1층 로비에서 수납을 한 후 나는 본관 문을 열고 나왔다. 그리고 천천히 주차장을 향해 걸어가는데 본관 앞을 오가는 수많은 사람들과 차들에 눈이 갔다. 여전히 많은 사람들이 병원을 들르거나 나가고, 여러 차들이 입구까지 정차했다 움직인다. 처음 병원에 올 때에 비해 달라진 것 없이 병원은 돌아가고 있지만, 어쩐지 지금 내 주변 공기의 무게는 많이 달라진 느낌이 든다. 공기가 가벼워진 기분이다. 병원 안에 있는 동안엔 힘겨웠지만, 이젠 집에 돌아간다는 생각 때문에 그런 것 같다.
    그러나 이상하리만치 발길이 잘 떨어지지 않는다. 이미 천천히 걷고 있는데도 걸을수록 자꾸만 걸음걸이가 느릿해져 갔다. 가슴이 조금 욱신거리고 이상한 속상함이 계속 피어오른다. 급기야 나는 수시로 고개를 돌려 본관을 몇 번 휙, 휙 쳐다보았다. 해묵은 아픔이 아직 거기 남아 있어 발길이 떨어지지 않는 것 같다.

 하지만 나는 곧 생각 없이 앞을 보고 걷기 시작했다. 최대한 생각 없이 가려고 머릿속으로 듣기 좋은 노래를 불렀다. 그러니 속이 좀 가라앉는다.

 이윽고 나는 인공정원에 가까웠다. 정원 끝자락 밑으로 지상주차장이 보였다. 나는 정원 옆길을 따라 주차장을 향해 쭉 내려갔다. 그리고 주차장 입구에 다다라, 나는 바로 층계를 오르지 않고 고개를 돌려 병원 쪽을 향해 시선을 줬다. 그런데 때마침 따뜻한 미풍이 불어와 정원의 키 큰 나무의 잎들을 흔들었다. 잎들이 정원 밖을 향해 손을 뻗치고, 때문에 본관은 시야에서 가려진다.

 괜히 또 속상하고, 이번엔 심술마저 난다. 그래, 그냥 곧바로 올라갔어야 했어, 라고 생각하며 나는 층계를 오르려 했다.

 그런데 그 순간이었다.

 갑자기 무언가 뚝, 하는 둔탁한 소리가 들려왔다. 분명 정원 쪽으로부터 들려온 소리였다. 이윽고 나는 정원을 향해 몸을 돌렸다. 그러나 아무것도 보이지 않았다.

 내가 잘못 들은 걸까, 환청이었던 걸까, 라고 생각하고 있는데 다시 또 뚝, 하는 소리가 났다. 무언가 석연치 않은 느낌이 든 나는 잠시 그 자리에 서서 정원을 주시했다. 그렇게 오륙 초쯤 지났을 무렵 또다시 문제의 소리가 들렸다.

소리의 주기는 조금씩 빨라져 갔다. 뚝, 뚝, 그리고 뚝. 그리 큰 소리는 아니지만 그렇다고 작은 소리도 아니다. 나는 곧 이끌리듯 소리가 불어오는 방향을 따라 걸음을 옮겨가기 시작했다. 한 사람씩만 오갈 수 있는 너비의 조그마한 돌계단 몇 칸을 오르고, 엄청나게 축소된 수풀이라는 생각이 들게끔 만드는, 높이가 내 머리까지 되는 나무 수십 그루를 지나쳤다. 여섯 번 혹은 일곱 번의 소리를 들어오며 나는 소리가 가장 뚜렷이 들리는 근원지에 도달했고, 도착한 그곳엔 내 시야를 가렸던 독보적으로 키 큰 나무가 나를 마주한 채 서 있었다.

다시 한번 뚝, 하는 소리가 큰 나무 뒤편으로부터 들려왔다. 나무의 몸체가 하도 커서 내가 서 있는 곳에서 뒤편이 보이지 않았다. 그래서 둘레를 조금 돌아보는 수밖에 없는데, 갑자기 두려움이 엄습해 더 걸어가기가 겁이 났다. 무서운 생각이 자꾸 들었다. 혹 돌아봤는데 귀신이면 어쩌나, 그런 두려운 생각이었다.

그렇지만 나는 조금 더 용기 내어 나무 뒤를 향해 걸어갔다. 그리고 곧 소리의 정체를 확인하곤 깜짝 놀라 그 자리에 잠시 얼어붙어 버렸다.

눈앞에 내 또래쯤으로 보이는 웬 여자가 나무에 이마를 뚝, 뚝 치고 있었다. 그녀는 환자복 차림이고, 두 팔을 힘없이 아래로 떨어뜨린 채 머리를 치고 있었다. 그리 세게 치고 있진 않았다. 여자는 그저 눈을 감고 입으로 무언가를 속닥거렸는데, 자세히 들어보니 '난 바보야, 바보라고.'라면서 중얼거리는 것이었다.

 내가 온 지 몇 초가 지났음에도, 그녀는 내 기척을 알아채지 못한듯했다. 나는 일단 어떻게든 그녀를 말리고자 마음먹었다. 그녀의 이마가 발갛게 부어 있었다. 곧 나는 아주 조용히 그녀 옆으로 갔다. 그리고 머리를 치고 있는 나무 부위에 내 손등을 바싹 댔다. 여자의 이마가 천천히 그러나 꽤나 무겁게 뒤로 젖혔다 나무를 향해 기울고, 이내 뚝, 하고 나던 소리가 내 손바닥에서 폭, 하고 푹신해졌다.

 손등이 조금 아팠지만 견딜만했다. 이내 여자의 기행은 멈춰졌고, 그녀는 머리를 기울이고 있는 채로 고개만 비틀어 나를 쳐다보았다. 내 손은 여전히 그녀와 나무 사이에 있고, 나는 나를 바라보는 그녀가 놀라지 않도록 일부러 옅은 미소를 지어 보였다.

 그러나 나를 바라보는 그녀의 눈빛은 무언가 예사롭지 않았다. 그녀는 내 눈을 매섭게 노려보고 있었다. 순간 당황해 버린 나는 이러지도 저러지도 못하고 또다시 얼음이 돼버렸다. 주변의 모든 것이 조용하고, 나는 어색한 미소를 지은 채 그녀의 이마와 나무 사이에 손을 대고 있으며, 그녀는 계속 쏘아보듯 내 눈을 노려보고 있다. 나는 이만 손을 빼고 싶었다. 그래서 손을 이리저리 움직여 보았지만 도리어 압박감만 느껴질 뿐 움직여지지 않았다. 그녀가 머리에 힘을 주어 내 손을 밀고 있는 게 느껴진다. 뭔지 모르지만, 이유를 알 수 없지만 그녀 안에 슬픔과 화가 찬 것 같다.

이윽고 여자가 머리를 떼는듯했다. 그런데 갑작스레 나무에 다시 이마를 매우 세게 쳐버리는 것이었다.

그 순간이었다. 나는 너무 아파 소리를 질러버렸다.

• • •

"어, 어, 괜찮아요-? 괜찮아요?"

내가 찍힌 손을 부여잡고 괴성을 지르며 고꾸라지는 즉시 그녀가 놀란 듯 물어왔다. 그녀는 아파하는 나의 어깨를 잡고 끊임없이 나를 일으키려 했다. 계속 괜찮으냐고 다급하게 물어오면서 말이다. 나는 통증이 너무 심해 건드리지 말아 달라고 허겁지겁 외치며, 찍힌 손을 부여잡고 그저 웅크려 있었다. 빨리 시간이 흐르길 기다리면서 말이다.

잠시 후 통증이 어느 정도 가시자 나는 웅크린 자리에 엉덩이를 대고 편히 앉을 수 있었다. 찍힌 손등을 보니 검붉게 피멍이 나 있다. 여자는 내 손등을 봤는지, 내 옆에 쪼그려 앉아 내게 물어왔다.

"많이 아팠죠…?"

나는 고개를 돌려 그녀를 빤히 바라봤다. 여자는 환자복 차림, 나는 사복 차림. 그러나 아팠느냐고 묻는 쪽은 그녀 쪽이다.

곧 그녀는 시선을 이리저리 굴리다 내 얼굴을 바라봤다. 그렇게 우리는 눈이 마주쳤고, 의도치 않게 서로를 잠시간 바라보게 되었다.

두 눈의 연한 쌍꺼풀, 고양이 같은 눈매. 오뚝한 코끝과 아주 조금 말려 올라간 입꼬리. 눈에서 턱 끝까지 내려온 눈물자국. 그리고 발간 이마.

가만히 그녀를 바라보는데, 왠지 모를 애틋한 감정이 느껴졌다. 그리고 잠시간 그 애틋함의 기운 속에 앉아 있는데, 난데없이 '그녀'의 분위기가 연상되기 시작했다. 순간 너무 당황스러워서 나는 시선을 멍든 내 손등으로 내렸다. 너무 당황스러웠다. 눈앞의 여자와 '그녀'는 생김새가 전혀 닮지도 않았기 때문이다.

나는 내 손등을 어루만지며 여자에게 조금 늦은 대답을 했다.

"괜찮아요. 그보다, 그쪽이야말로 아프지 않았나요?"

"아팠어요." 그녀가 짤막히 답했다. 그리곤 땅을 쳐다본다.

"초면에 매우 실례지만…, 그쪽은 왜…, 아, 이름을 여쭤봐도 될까요?"

"선혜요, 최선혜."

"네, 선혜 씨. 혹시 실례가 안 된다면 아까 왜 그랬던 거예요?"

그녀는 내 질문에 곧장 대답하지 않았다. 그저 손으로 자기 이마를 한번 문지르곤 이렇게 말해왔다.

"대단히 실례되는 질문이네요, 그거." 그리곤 이어 말했다. "근데 정말 괜찮은 거 맞아요? 아까 살짝 보니까 피멍 든 것 같던데…, 죄송해요. 그렇게 세게 칠 생각은 없었어요. 정말 괜찮은 거 맞죠?"

나는 굼벵이처럼 느릿하게 고개를 끄덕이다가, 그녀를 홱 쳐다보며 말했다. "네…, 네? '그리 세게 칠 생각은 없었다.'뇨?"

그러자 선혜 씨는 환자복 상의 주머니에서 스마트폰을 꺼냈다. 그리고 액정에 비친 자기 얼굴을 몇 차례 확인했다. 그리 의미 있는 행동 같진 않아 보였다. 아마도 민망해서 한 행동 같다. 이윽고 그녀가 조금 퉁명한 목소리로 말했다. 여전히 액정에 눈을 둔 채로.

"그럼, 갑자기 이마에 손을 대는데, 어떤 사람이 안 놀라요?"

그리곤 폰을 다시 주머니에 집어넣으며 말했다.

"그냥 부르면 되지."

나는 고개를 끄덕이며, 가벼운 톤으로 말했다.

"음, 정확히 말하면요, 선혜 씨. 난 나무에 손을 댄 거고 그쪽 이마가 박치기한 거예요."

"어쨌든요! 그냥 불렀으면 됐잖아요. 그리고…."

"네, 그리고?"

그녀는 입술을 잘근잘근 오므렸다. 그리고 몇 초쯤 뜸을 들이다, 살짝 목이 멘 소리로 말했다.

"그냥 지나쳤으면 서로 편해요. 난 도와달라고 한 적 없어요,

일부러 사람 없는 곳까지 왔는데."

곧 울음이 터질 발간 눈시울이었다.

다시 바람이 분다. 우리의 뒤에 선 나무가 잎을 흔들고, 기다랗게 떨어진 가지 한 줄기가 우리 머리 위를 축복했다.

"주차장 가는 길에 오게 됐어요." 나는 나직하게 말했다. "주차장 오르기 전에 병원 건물을 한번 바라보는데, 여기 우뚝 선 큰 나무가 보였어요. 그리고 선혜 씨가 내던 소리가 바람결 따라 들렸죠. 그렇게 소리를 따라 나무가 있는 곳으로 그저 걸어왔더니, 당신이 있었네요. 있잖아요, 난 여기에 사람이 있을 거라곤 상상도 못 했어요. 사실 나무 둘레를 돌아보기 전까진 귀신이 내는 소리는 아닐까, 하고 잔뜩 겁먹었었거든요. 저, 엄청 쫄보 같죠?"

그렇게 말하고서 나는 웃었다. 그냥 웃음이 났다.

선혜 씨의 눈은 여전히 붉지만 어쩐지 나올 것 같던 울음은 눈 녹듯 녹아내린 듯했다. 이윽고 나는 자리에서 일어나 엉덩이를 털었다.

"이만 가볼게요, 선혜 씨. 그리고 자꾸 그렇게 치지 마요. 그러다 진짜 병나요, 병."

그리곤 천천히 왔던 길을 돌아갔다. 그러나 몇 발짝밖에 떼지 못했을 때 그녀가 말을 걸어왔다.

"고마워요, 말려줘서."

나는 뒤돌아봤다. 그녀가 나를 향해 팔을 쭉 뻗고 있었다. 그리고 그녀의 팔 끝엔 그녀의 폰이 쥐어져 있었다.

"연락처 좀 줄래요…? 혹시 그거 멍이요. 약값 정도는 제가 갚는 게 도리 같아서요…."

그리고 그녀는 나를 빤히 바라봤다. 나도 그녀를 가만히 응시했다. 멍이 든 자리에 굳이 약을 바를 것까진 없다고 말하려 했지만, 그녀의 얼굴을 보고 있는 초 단위가 늘어날수록 그 말은 나오지 않았다. 그리고 그녀의 얼굴에 시선을 떼지 못할수록, '그녀'의 얼굴이 점점 선명하게 어른거렸다. 또다시 애틋한 느낌이 내게 찾아왔다. 아무리 생각해 봐도 그녀에게 연락처를 줘야 할 이유는 없다. 머리론 그것을 이미 알고 있었다. 하지만 몹시 짧은 시간 단위가 흐를수록 머리는 아무 쓸모가 없어져 갔다. 내게 자꾸 어떠한 신호를 보내는 묘한 애틋함만 내 속을 울리고 있었다. 그렇게 나는 결국 그녀가 건네는 마음의 손을 잡았다. 한순간 일어난 일이었다.

5

 다시 나무들을 거치고 돌담을 건너 정원을 내려갔다. 내가 나오는 걸음을 뗄 때까지 선혜 씨는 줄곧 쪼그려 앉은 채 내 번호가 담긴 자신의 폰을 만지작거리기만 했다. 내가 오늘의 마지막 작별 인사를 고할 때 그녀는 "네." 하고 짧게 답해오며 내 시선을 한 번 마주할 뿐이었다. 그래서 정원을 나오기까지 뒤에선 어떠한 기척도 느껴지지 않았다.
 나는 지상주차장 입구에서 층계를 두 칸 올라 정원 쪽을 바라봤다. 정확히는 우뚝 선 키 큰 나무를 바라봤다. 선혜 씨는 여전히 그곳에 있다. 그녀의 폰에 조그맣게 찍힌 내 마음 한편과 함께 말이다.
 이윽고 나는 주차장 층계를 오르기 시작했다. 천천히 층계를 오르며 나는 높지 않은 담 너머로 한 번씩 정원 쪽을 바라봤고, 그렇게 조금씩, 조금씩 선혜 씨의 얼굴을 다시금 상기했다. 한 칸 한 칸 계단이 높아질수록 선혜 씨의 얼굴은 분명해져 갔다. 동시에 '그녀'의 얼굴 또한 차츰차츰 내 기억 속에서 선명해지기 시작했다.

나는 두 얼굴을 대조하며 계속 차이점을 찾으려 했고, 또 비교하며 공통점을 찾으려 했다.

왜 처음으로 마주 본 선혜 씨의 얼굴에서 '그녀'의 분위기가 느껴졌는지. 왜 끝으로 빤하게 응시한 선혜 씨의 얼굴에서 '그녀'의 얼굴이 어른거렸는지. 왜 잠시 잊고 있던 애틋함이 한 아름 감돌았는지.

그러나 어쩐지, 생각을 거듭할수록 내가 찾고픈 정답에서 멀어져 가는 듯했다. 그것은 느낌으로 알 수 있었다. 아무렴 답을 알 수 없었고, 머리만 복잡해져 갔다. 그냥 어쩌다 떠올랐을 뿐이니 이제 별생각 말자, 하여도 답답함이 올만큼 갈증은 끊임이 없었다.

이윽고 3층을 올랐을 때 나는 괜히 골똘히 떠올리고 생각한 것에 대해 후회했다. 층계를 다 올라 가장자리에 주차된 타고 온 차를 본 순간, 불안감이란 것이 결국 밀려오기 시작했기 때문이었다.

곧 나는 천천히 호흡을 쉬며 긴장을 늦추려 했다. 차에 다다랐지만 곧바로 문을 열진 않았다. 이대로 운전은 너무 위험하리란 판단이 들었다. 머릿속에서 툭툭, 단어 하나가 생각을 때렸다. 조금씩 몸이 떨려왔다. 나는 차 문에 손을 대고 상체를 살짝 숙였다. 그리고 어떡해야 하나, 하고 걱정했다. 당장 폰 노트로 글을 쓸 수야 있겠지만 종이에 쓰는 것만큼 개인적으로 해갈함은 들지 않은데. 나는 고민하다가 문득 차 안 콘솔박스 속에 조그만 수첩과 펜이 들어 있단 게 떠올랐다. 언젠가 내가 이런 혹시 모를 상황을 대비해 미리 비축해 둔 것들이었다.

이윽고 나는 차 문을 열고 탑승해 얼른 박스를 열어젖혔다. 그 후 수첩과 펜을 쥐고 내 속에 차는 감정을, 생각을 두서와 개연에 신경 쓰지 않고 그냥 써보기 시작했다.

마음이 차분한 듯한데, 두려움이 움튼다. 몸은 나른하고 가벼우면서도 긴급하고 무겁게 느껴진다. 문득 시냇가의 돌부리에 앉아 산을 구경하면서도 폭우가 내리는 경관을 보는 것 같은 이미지가 떠오른다. 마치 불완전한 편안함과 한시적인 두려움 사이에서 나룻배를 타고 있는 느낌이다.

・・・

3층 주차장을 다 올라, '호의'라는 명칭이 자꾸 떠올랐다. 호의, 라는 말과 더불어 멈추고 싶은 두려움이 꿈틀거렸다. 왜 그 명칭이 자꾸 툭툭 떠오르는지 이유를 잘 모르겠다.

사실 선혜 씨에게 내가 딱히 호의를 베풀었단 생각은 들지 않는데 말이다. 지금도 그 생각은 변함없다. 그냥 소리가 나는 대로 걸어갔고, 그렇게 예기치 못한 흐름이 생겼을 뿐인데….

계속 걸어가야 함을 아는데, 자꾸만 두렵고 겁이 난다.
내가 두려워하고 겁을 내며 그저 쉬고 싶어 하는 것의 실체는, 어떤 암초가 앞에 있을지도 모른다는 염려에 가까울까, 아니면, 아주 조그맣게 움켜쥔 무탈함에서 벗어나야 한단 사실에 가까울까…?
잘 모르겠다.

・・・

한순간 차오른 불안한 생각과 감정을 있는 그대로 글자로 나열하니, 불안은 수기 속에 희석되어 갔다. 머리를 툭툭 치던 생각도 수첩 속에 묻혔고, 여타의 감정들도 늘어나는 흑연만큼 차근히 내 안에서 정리정돈이 되었다. 아무래도 안에 가득 차 있던 것을 어떤 형태로든, 임시방편일지라도, 밖으로 보내기 때문인 것 같다.
　나는 수첩을 내 눈에 멀찍이 떨어뜨려 놓고 내가 쓴 글을 한 번 더 읽어봤다. 그리고 수첩 책자를 덮고 콘솔박스에 다시 넣었다.

이윽고 나는 차량 시동을 걸고 사이드브레이크를 내렸다. 그 후 액셀을 밟으며 차창 너머로 밑의 인공정원을 슬쩍 내려다봤는데, 문득 왜 하필 '호의'라는 명칭이 떠올랐는지 의아함이 들었다. 곧 나는 나선형의 주차장을 내리며 한 층 한 층을 돌아 가면서, '그녀'와 선혜 씨의 얼굴을 비교하며 불안을 느낀 것과 '호의'라는 이름에 무슨 관련이 있는지 곰곰이 생각해 보았다. 수기는 당장의 감정과 생각을 쓰는 데 급급하지만, 조금 진정된 지금은 그것이 몹시 궁금했다. 그러나 아무리 생각해 봐도 답은 나오지 않았다. 오히려 답답함만 쌓여간다.

곧이어 병원 출입 게이트를 완전히 벗어난 나는 대로변을 타고 쭉 직진했다. 그렇게 잠시 달리자 200미터 앞쯤에 명덕역 사거리라고 적힌 표지판을 볼 수 있었다. 곧 표지판을 달고 있는 신호등이 빨간불로 바뀌고, 내 앞을 달리던 차들도, 나와 어깨를 나란히 한 차들도, 내 뒷줄에 선 차들도, 그 무리에 속해 있는 내 차도 모두 잠시 멈췄다.

신호가 멈추고 나는 잠시 가야 할 길에 대해 고민했다. 이대로 대로를 타고 직진을 할지, 드라이브하는 셈 치고 조금 많이 돌아갈지. 나는 두 손을 깍지 끼고 뒷머리를 감쌌다. 사거리의 신호는 제법 길다.

약간의 고민 끝에 나는 드라이브를 하는 쪽으로 마음을 모았다. 빨리 가면 빨리 도착하지만 집 안에서 해갈 못 한 답답함을 안은 채 끙끙 앓을 수도 있을 것 같아서다. 그러나 돌아가는 길, 풍경을 구경하며 생각을 환기시켜 주노라면 집에서 온전히 내 집처럼 편히 쉴 수 있을 것이다. 답답한 것의 답을 찾을 생각은 없다. 난 단지 구경하며 환기시키고 싶을 뿐이다. 도심이라도 길 곳곳에 나무들이 많다.

조금 편한 호흡을 쉬고 싶었다. 그래서 나는 운전석 창을 내렸다. 어제, 아니 오늘 새벽 중까지 비가 와서인지 공기가 맑다.

이윽고 신호가 파란불로 바뀌었다. 나는 1차선에 있다. 그리고 맨 앞의 차가 천천히 구른다. 나는 내 앞까지 오는 출발의 타이밍을 보고 슬슬 브레이크에서 발을 뗐다. 그런데 어디선가 빵, 하고 큰 소리가 터졌다. 깜짝 놀란 나는 반사적으로 다시 브레이크 페달에 발을 올렸다.

아직 느리게 구르는 바퀴에 시간을 벌어 나는 재빨리 차의 거울들로 주변을 물색했다. 접촉 사고가 났구나, 싶었기 때문이다.

그러나 내가 곧 찾은 큰 소리는 어린아이의 장난이었다. 주변 차량들은 별일 없이 가고 있고, 내 차선 옆 너머로 난 인도에 남매로 보이는 어린아이 두 명이 풍선을 쥐고 흔들고 있었다. 오빠로 보이는 아이가 발밑의 풍선 끈을 끄르고 있었다.

안심하고 액셀을 본격적으로 밟는데 피식 웃음이 났다. 다른 차들은 창문이 닫혀 있어, 터지는 소리에 딱히 영향이 없는듯했다. 그러나 나는 사고를 걱정했다. 물론 아이들과 풍선을 보고 안

심했지만.

  좌회전을 하고 또 다른 도로로 진입하는 순간, 다시금 이전의 의아함이 떠올랐다. 차의 시동을 걸고, 주차장을 내릴 때까지 골몰히 생각했던 것. 어쩌면 나는 오늘 선혜 씨와 만남을 계기로, 내 기억 속에 깊게 새겨진 특정한 계절을 불현듯 상기시킨 걸지도 모르겠다. 내게 있어 가장 친절했던 때는 '그녀'가 있었던 때기 때문이다.

  눈앞의 신호가 파란불이다. 그 너머의 신호도 파란불이다. 그 너머의 신호도 파란불로 막 바뀌었다. 나는 일정 속도를 유지하며 부푸는 기억을 구경하기 시작했다.

6

　죽음이 익숙지 않은 세상에서 죽음을 잘 받아들이려 한단 것은 누구에게나, 어느 모로나 힘들고 괴로운 일이다. '호스피스' 센터란 그렇게 삶의 마지막 장을 써가는 이들에게, 그들이 각자 찍어야 할 삶의 온점을 잘 찍을 수 있도록 마련된 최후방의 공간이며, 가장 조용하면서도 가장 격렬한 사투의 현장이기도 하다. 호스피스 봉사는 그런 사투를 벌이는 이들이 그 일을 잘 헤쳐가 조용히 승리를 성취하도록 돕는 일이다. 나는 지난 한 해를 호스피스에서 봉사하며 보냈었다.

　고된 싸움을 치르는 이들에게 할 수 있는 최대의 지원은 언제나 꾸준한 친절과 배려였다. 사투는 물론 당사자가 치러가야 할 숙명이지만, 싸움에서 승리함에 있어 지원은 언제나 꽤 중요한 비중을 차지한다. 봉사자는 지원자, 봉사자로서 할 수 있는 최대의 지원과 응원은, 시시각각 변하는 환자들의 슬픔, 고통 그리고 담담한 표정에 항구한 친절을 베푸는 것이었다. 어제 담담한 상태였던 자가 오늘 슬퍼져도, 어제 슬펐던 이가 오늘 담담한 상태여도 봉사자로서 호의를 유지하는 것이었다.

그러나 봉사자도 사람인 걸, 부침을 겪고 힘겨워할 때도 많았다. 그렇지만 나는 호스피스 안 가장 약해 보이는 사람에게서 용기를 얻곤 했었다. '그녀'는 똑같이 사투를 벌이는 환자이면서도 늘 승기를 잡고 있는 사람 같았고, 지원자로 있는 내게 오히려 친절을 베풀던 사람이었다.

하지만 잠시, 섣불리 '그녀'의 기억을 바로 회고하기엔 성급하단 생각이 든다. 내가 '그녀'를 알고 호스피스 센터에 들어온 것이 아니기 때문이다. 그녀 때문에 봉사했던 것도 아니다. 그것은 흐름이었던 것 같다. 그러니 찬찬히 그 기억 속 흐름의 첫날을 떠올려 봐야겠다.

지금도 똑똑히 기억나는 건, 병원에 발을 디딘 첫날 병원 관계자분이 건네준 노란 유니폼이다. 축구 유니폼처럼 보이는 노란 유니폼의 정중앙엔 자원봉사자, 라는 검은 글자가 박혀 있었다. 나는 그것을 입고 관계자분의 안내에 따라 병원 1층 로비의 한쪽에 서 있었다.

관계자분이 나를 옆에 세우고 열심히 무언가에 대해 설명하시던 그 내용들을 하나하나 다 기억해 내진 못하지만 이해하고 고개를 끄덕이는 데에 그리 어려움은 없었다. 그가 손가락을 치며 열심히 설명하던 것은 무인수납기기, 어릴 때부터 컴퓨터 타자를 배우고, 휴대폰을 만지고, 스마트폰을 처음 접한 세대인 나로서는 이해가 어려울 수 없었다.

내가 그 봉사를 처음 하게 된 때는 작년 1월경이었다. 내가 병원 봉사를 하게 된 건 매우 간단한 이유에서였다. 그것은 그저 대학교 봉사시간 수료를 위함이었을 뿐이었다. 당시의 나는 여느 학생들처럼 훗날의 취업을 생각할 수밖에 없었고, 학교와 연계된 대학병원에서의 봉사가 그것에 많은 이점이 될 것이란 판단과 또 봉사를 해보고픈 나의 소소한 소망이 겹쳐진 선택 정도였다. 당시의 내겐 오 일의 봉사시간이 주어졌다.

여하튼 나는 무인수납 도우미로 봉사했다. 그 일은 결코 힘들지 않았다. 내가 하는 일이라곤 기기 옆에 서서, 오늘 본 따스한 인상의 그 아주머니처럼 환하게 웃으며 도움을 요하는 이들에게 인사하고 안내를 하는 것 정도였다. 힘들다면 몇 시간 서 있는 게 조금 고단하다고 할 뿐이다.

하지만 하루가 지나고 이틀이 지나면서 나는 당시 내 조그만 역할에 생각보다 많은 보람을 느꼈다. 여느 때처럼 사람들이 북적이는 병원. 그 안에서 가장 많은 인파의 인산인해가 이루어지는 1층. 한번은, 언제나 사람들이 북적이는 그곳에 유난히 사람들이 더 몰리던 때가 있었다. 번호표를 뽑고 기다리는 이들이 많아지고, 자연히 원무과 직원분들의 업무량과 분주함이 늘어나고, 그대로 다시 기다리는 이들의 기다림이 더 길어지는 지체함을 덜어주는 것에, 내가 하던 역할이 보이지 않는 일조를 하고 있었다. 그것은 기기를 찾는 사람들이 많아졌단 사실에서 느낄 수 있는 것이었다.

물론 그 일은 병원 사람들이 마련한 기기와 시스템에 의한 것이었지만, 그럼에도 마련된 것을 누리기에 어려움이 있는 분들이 있단 것이 내게 있어 보람을 느끼게 했다.

연로하신 분들은 잘 띄워진 기기의 매뉴얼에도 당황스러운 기색을 감추지 못하실 때가 있었다. 그럴 때에 나는 내가 물어보고 대신 손가락으로 메뉴를 눌러드리는 것이다. 그럼 곧 안도감이 올라오는 그분들의 표정을 보게 됐다. 나는 그렇게 오 일을 봉사했다.

그런데 마지막 날, 나는 단 한 번, 봉사시간 중임에도 불구하고 기기 옆을 떠난 적이 있었다. 병원 출입문 쪽으로부터 한쪽 다리를 절던, 양손 가득 짐을 지고 안으로 걸어오는 한 아주머니를 보았기 때문이다. 그 아주머니가 '그녀'의 어머니셨단 것을 당연히 그땐 몰랐다. 내가 좀 더 나중에 호스피스로 들어가고 난 후 '그녀'와 빠르게 친해질 수 있었던 것도 바로 이 봉사 마지막 날에 생긴 첫 흐름, 곧 그 아주머니와의 만남 때문이었다.

　오 일째 되는 날, 오후 네 시에 가까워진 시간, 봉사가 거의 끝날 때가 다 되었을 즘엔 로비에 그리 많은 사람들이 있지 않았다. 따라서 내 역할에도 작은 틈이 생겨났다.
　그렇게 가끔 봉사 중에 작은 틈이 생겨날 때면 나 혼자서 하는 놀이가 있었다. 약간이나마 무료함을 달래기 위해 나는 병원 안 사람들의 모습을 보는, 사소한 구경을 일삼았다. 돌아다니는 사람들을 보며, 저 사람은 퇴원을 하는 것 같다, 저 사람은 입원을 하러 온 걸까? 저 사람은 수납이 아닐까, 하는 것이었다. 물론 알아맞힐 순 없다. 가서 물어볼 일도 없고 나로서는 무료한 틈을 메울 요량으로 하는 사소한 구경일 뿐이다.
　그래서 나는 병원 로비를 눈대중으로 쭉 둘러보았다. 그런데 때마침 출입문에서 오십 대 정도 되어 보이는 한 아주머니가 힘겹게 걸어오고 계신 것을 봤다. 아주머니는 운동복 차림이셨고, 양손에 무게와 부피가 꽤 되어 보이는 에코백을 쥐고 계셨다.
　나는 잠시 고개를 멈추고 멀찍이서 아주머니를 바라봤다. 아주머니는 땅을 보고 걷는지, 앞을 보고 걷는지 모를 만큼 열심히 걸어오고 계셨고, 나는 그녀의 손에 들린 가방을 보고 있었다. 아주머니의 평퍼짐한 운동복 바지 밑단에 가려 잘 보이진 않았지만 발 한쪽이 하얀 석고로 감겨 있는 듯해 보였다.

한 발, 절뚝. 한 발, 절뚝. 그렇게 아주머니가 무인기기 옆을 가로질러 가실 때까지 나는 그 자리에 꼼짝 않고 서 있었다. 아직 기기 옆을 벗어날 용기가 나지 않았다. 하지만 나는 다시금 주위를 둘러보며 깊이 생각했다. 어차피 로비에 사람이 많지 않기에 잠시 자리를 비워도 큰 문제는 없을 것 같고, 만약 문제가 된다면 화장실이 급했다고 관계자에게 둘러대면 될 것 같았다.

나는 아주머니의 발자국을 따라 슥, 슥 걸었다. 이윽고 내 발이 아주머니의 뒤꿈치를 바짝 따라붙었을 때 나는 말했다.

"아주머니, 혹시 도움이 필요하신가요?"

뒤를 돌아보시는 아주머니의 표정은 놀라움이었다. 낯섦과 친숙함의 경계에서 누구나 지을법한 그런 표정이셨다. 하지만 아주머니는 몇 초도 안 되어 밝게 웃으셨다. 고단한 얼굴 속에서 나를 보며 웃는 얼굴을 지으셨는데, 지금 생각해 보면 내 얼굴과 함께 내가 입고 있던 자원봉사자, 글씨가 적힌 유니폼을 보셨던 게 아니었을까 싶다.

나는 말없이 아주머니의 손에 들린 에코백 하나에 손을 내밀었다. 아주머니의 다른 손에 들린 짐은 상대적으로 가벼워 보였다. 곧 내가 아주머니에게서 짐을 건네받게 되자, 그녀는 말씀하셨다.

"고마워요, 청년." 그리고 잠시 땅을 보고 몇 걸음 가시더니 또 말씀하셨다. "호스피스 센터로 가고 있어요. 거기 앞까지만 부탁드릴게요."

"네."

호스피스가 어디에 위치해 있는지 몰랐기에 나는 아주머니를 따라갈 수밖에 없었다. 승강기까지 걸어가는데 그녀의 아픈 보폭에 맞춰 나는 내 생각보다 더 느린 걸음을 걷게 됐다. 그러나 조급함 없이 성실히 걷다 보니 어느새 승강기 앞에 다다라 있었다. 이때 아주머니는 대화 없이 걸어오는 동안 내게 말을 걸고 싶으셨는지, 이렇게 말씀해 오셨다.

"빈혈이 와서 발을 삐끗했어요. 넘어지다가 발이 접질렸거든요."

나는 멋쩍게 웃어 보였다. 달리 할 말을 몰랐다.

승강기를 타고 몇 층을 오르고 조금 걸어 호스피스 센터에 도착했다. '호스피스 센터'라고 적힌 큼직한 전자 간판과 긴 투명 자동문 앞에서 아주머니는 나를 향해 살짝 몸을 돌리셨다. 나는 병실까지 도와드리겠다고 말했다. 센터 안이 생각보다 넓어 보였기 때문이었다.

아주머니는 다시 앞장서 가시고, 나는 그녀를 따라갔다. 센터 내 스테이션을 거치자 복도 양 옆구리로 세워진 병실들이 보였다. 병실은 문이 활짝 열려 있는 곳도 있었고, 닫혀 있는 곳도 있었다. 아주머니는 어느 한 병실을 향해 조금 빠르게 걸으려 하셨다. 발은 여전히 아프고, 무겁고, 느슨했지만 떼이는 걸음에선 달려가시고픈 감정이 느껴졌다.

가족이 있는가 보다, 라고 생각하며 나는 주위를 둘러봤다. 아무래도 아주머니의 걸음에 집중하는 건 그녀에게 부담이 될 것 같았다. 그렇게 일부러 옆을 보고 걷는 동안 나는 우연찮게 병실 안을 보게 됐다. 아주머니의 보폭을 따라 걷기에, 한 병실을 보고 지나치는 것이 마치 폴라로이드 필름이 서서히 현상되어 보이는 것만 같았다. 병실 하나하나가 다 다른 그림을 담고 있었다.

그리하여 나는 이때 처음으로 호스피스 센터 내에서 다양한 모습의 사투를 보았다. 누워 있는 중환자와 그의 호흡을 지켜주는 간호사의 모습, 도란도란 담소를 나누는 환자와 간병인의 모습, 통증에 신음하는 환자와 함께 아파하는 그 가족의 모습, 몸이 굳은 환자와 굳은 환부를 움직여 주는 간병인의 모습, 함께 두 손을 모으고 기도하는 환자와 가족의 모습. 모든 게 조용하고 점잖았지만 그럼에도 고단한 사투였다. 나는 그 모습들을 보며 조그만 생활이 정적인 그림을 그리는 것만 같단 느낌을 받았다. 나는 이때 조용한 그림 속에서 나도 모르는 새에 감화되었던 것이다.

잠시 신호가 걸렸다.

나는 지금 집까지 가는 길의 삼분의 일가량을 달려왔다.

고개를 돌리니 인도 옆을 지키며 나란히 서 있는 나무들이 보인다.

나무들은 적당한 간격으로 두 팔을 뻗치고 인도에 그늘을 주고 있는데, 그들의 얼굴은 햇빛을 받아 빛난다. 따사로운 햇살을 받을수록 나무는 더욱 생장하고 주는 그늘도 커진다. 나무가 온몸으로 빛나는 볕을 받고 있기 때문이다. 아름답다.

아주머니를 따라 병실 안에 들어갔을 때 나는 그녀가 누구를 찾아 그토록 달려갔는지 알 수 있었다. 아주머니는 복도 끝자락 병실에 들어가, 할아버지 한 분과 십 대로 보이는 남학생 한 명 너머로 창가에 자리해 있던 당신의 따님을 보러 오셨던 것이었다.
호흡을 따라 들어왔던 나도 아주머니의 따님을 당연히 조우할 수 있었다. 아직도 그녀의 첫인상이 기억난다. 그녀는 침대를 살짝 세우고 등을 기대다시피 하여 누워 있었는데, 가까이서 본 그녀는 이목구비가 날렵했다. 둥글고 서글서글한 편과는 거리가 멀었는데 그럼에도 묘하게 수수한 분위기가 느껴졌다. 마치 온기가 고드름을 녹이는 것처럼 수수함이 차가움을 전체적으로 누그러뜨리는 느낌이었다. 그건 생김새보단 얼굴 전체에서 나오는 것 같았다.
어쨌거나 나는 짐을 내려주고 일단 병실을 나오려 했다. 그런데 내가 원래 자리로 복귀하려 하자 아주머니께서 내가 들고 온 가방 속에서 뭔가를 꺼내어 내게 주셨다. 배와 체리였다. 당시 그것들을 받고 조금 난감해했던 기억이 난다. 따님을 먹이려 들고 오신 게 분명한 것 같은데 내가 그걸 받아도 될지 확신이 안 섰다. 하지만 거기까지 나는 이제 막 흐름의 첫발을 뗐을 뿐이었다.

달리 말하자면, 나는 고민하는 중에도 그냥 얼떨결에 받아먹어 버렸던 것이다. 하지만 지금 생각해 보면 실은 받고 싶은 마음도 꽤나 있었다. 그래서 나는 그 자리에서 체리 한 알을 먹었다. 맛은 굉장히 좋았다.

그러고서 아주머니께 인사를 드린 후 병실을 나왔는데, 센터를 나와 승강기를 탈 때까지 그리고 승강기에서 내려 로비에 다다를 때까지, 입안 가득한 체리 맛은 사라지지 않았다. 병원을 나와서 집으로 돌아와 먹었던 배도 한동안 그 맛이 계속 사라지지 않았다. 내가 호스피스로 들어가고자 했던 계기가 여기에 있다고 해도 과언이 아니다. 그때 먹은 과일 맛이 그 후로도 잊히지 않고 계속 입가에 맴돌았기 때문이다.

이윽고 파란불이 떴다.
나무를 보고 있자니 아름다운 감정이 속에서 은은히 솟구친다.
다시 천천히 달려봐야겠다.

대학 자원봉사를 마친 그날 이후로 나는 몇 주에 걸쳐 호스피스에 대해 많은 관심을 기울였다. 그 시간 동안 나는 호스피스 관련 교육기관에 몇 차례 방문을 했고, 또 부모님과도 적지 않은 대화를 나눴다. 당시 내게 중요하게 남아 있던 과제는 대학 휴학에 관한 것이었다. 호스피스 교육과 센터 투입은 교육기관을 통해 언제든 도움을 받을 수 있었지만 잠시 학업을 쉬는 것에 있어선 조금 고민할 필요가 있었다.

사실 휴학을 학업 중 최소 한 번은 할 생각이 있었지만, 그것을 봉사로 쓴다는 것은 그전까진 한 번도 생각해 본 적이 없던 터였다. 그래서 당시의 내겐 고민할 시간이 필요했고, 부모님의 의견을 묻는 것도 필요했던 것이다. 그러나 고민의 결과는 순탄하게 나왔다. 돌이켜보면 나는 고민하는 동안에도 봉사를 하려는 고민을 하고 있었고, 부모님께선 봉사로 휴학시간을 보내는 것에 괜찮으리란 견해를 보여주셨기 때문이었다. 그리하여 나는 곧 호스피스 교육기관에 달려갈 수 있었다. 그곳에서 모든 이수 과정을 수료했다. 수료를 끝낸 후 기관의 도움으로 어느 병원의 센터에 들어갈 것인지 지원을 넣을 수 있었는데, 나는 물론 내가 갔던 병원의 그곳으로 지원을 넣었다. 그리고 내 생각보다 쉽고 빠르게 합격 응답을 받았는데, 호스피스의 특성상 일이 힘들어서인지 마침 그 병원에 티오가 나서인지까지는 잘 알 수 없다.

내가 호스피스 센터에 투입되었을 때, 처음 한 달간 현장에서 다시 배우고 참여하면서 실감 나게 느낄 수 있었던 것은 바로 호스피스의 목적이자 성격 그 자체였다. 죽음을 앞둔 이들을 신체적·심리적·영적으로 고통을 덜어주어 인간다운 마지막을 돕는다는 호스피스의 생활 말이다.

나는 매주 월, 수, 금요일 오전 아홉 시 반에서 오후 네 시를 배정받았다. 아침 아홉 시까지 센터에 도착하면 가장 먼저 직원들과 봉사자들을 위해 마련된 회의실에 들어갔다.

문을 열고 들어가면 바로 보이는, 원형으로 된 넓은 테이블. 그 앞에 다들 둘러앉아 수간호사님께서 알려주시는 숙지사항을 들었다. 지금도 기억나는 건 회의시간 때만의 특유의 분위기였다. 그곳에서 환자들의 전날, 당일 아침 상태를 듣게 되는데 확실히 조금 숙연하게 들릴 때가 많았지만 조그만 미소를 지을 때도 많았다.

그렇게 숙지사항을 듣고 나면, 나는 베테랑 봉사자님 한 분과 함께 봉사자 명찰 목걸이를 두르고 당일 배정된 병실로 들어갔다. 처음 한 달 동안 내가 했던 것은 선배 봉사자님 옆에서 조그만 일을 거드는 것, 누구나 그렇듯 교육을 받았어도 현장에서 좀 더 보고 배울 필요가 있었기 때문이었다.

나는 선배 봉사자님 옆에 딱 붙어, 그가 가르쳐 주는 것을 열심히 듣고, 고개를 끄덕이고, 때때로 쓰레기를 치우거나 새 침대를 끌고 오는 일을 부탁받으면 그 일을 하는 것에 집중했다. 작지만 실질적인 봉사들이었고 그 외에 내가 집중했던 부분이 있다면 자주 내게 말을 걸어오는 환자들에게 친절히 대답해 주는 것 정도였다.

월요일 이 병실, 수요일 저 병실, 금요일 다른 병실. 센터 내 병실을 나날이 돌면서 한 달을 거의 채울 무렵, 나는 그곳 호스피스 병동 생활이 꽤나 밝다는 것에 놀랐다. 나쁜 의미가 아니라 아무래도 그곳은 임종을 준비하는 곳. 들어가는 병실마다 때때로 환자들이 환하게 웃고, 내게 먼저 질문을 해온다는 것에 나는 새로운 느낌을 받았었다.

환자분들은 주로 내게 이렇게 물어왔다.

"청년은 몇 살인고?", "형은 나이가 어떻게 돼요?"

또 이렇게 말해왔다.

"참하다.", "안 힘들어요?"

한 달을 넘어 슬슬 좀 더 힘이 필요한 봉사를 시작할 무렵엔 나는 그분들이 나를 보며 웃으셨단 것을 깨달을 수 있었다. 그렇게 한 달이 지나고 두 달, 석 달이 됐을 무렵엔 나는 때때로 환자분들이 나를 보며 느꼈던 기분 좋음이, 때가 찬 이가 한창 때를 보는, 혹은 때가 달라도 비슷한 때를 보는 반가움이었단 걸 깨달았다.

그것을 깨달은 나는 조금은 호흡이 길고 차분한 목소리의 친절로, 다가오는 환자들에게 내게 거저 주어진 시간적 특수성을 쉽게 만날 수 있게끔 애썼다. 물론 그분들의 고된 싸움에 그 반가운 환함도 지지부진할 때가 많았지만, 그분들에게 내가 가진 재능이 때론 힘이 되었단 것도 사실일 것이다.

그런데 석 달을 가득 채울 즘 한 날, 나는 친절함만으론 부침이 있다는 것을 체감한 적이 있다. 그리고 그때의 경험은 앞서 말한 호스피스 생활과도 결부된 것이다.

그날은 내가 처음으로 여든이 넘으신 할아버지 중환자분의 목욕봉사 도우미로 투입된 날이었다. 나는 할아버지의 가족 한 분과 함께 목욕실로 들어갔다. 그즈음엔 이젠 내 옆을 지키시던 선배님께서 더는 사수 역할이 필요치 않으리라 판단하셨기에, 나는 배운 것들을 토대로 할아버지 환자분을, 아니 정확히는 그 아드님을 도울 수 있었다.

목욕봉사는 확실히 쉽지 않았다. 어느 모로 보나 그랬다. 움직임이 불편하신 할아버지를 아드님께서 씻겨주실 때 나는 할아버지를 잡고 있어야 했기 때문이었다. 한 명이 물수건으로 몸을 닦으면 다른 한 명은 중심을 맞춰야 했다. 다리를 씻겨드리는 차례라면 상체가 뒤로 넘어가지 않도록 잡아주는 식으로 말이다. 하지만 체력적으로 힘이 든다는 것은 별문제가 되지 않는 부분이었다. 당시 힘겨웠던 건, 힘겨워하시는 할아버지의 반응에 어쩔 줄 모르겠는 내 마음이었다.

몸이 아프셔서 그러셨던 것일까? 어린 친구에게 무거운 몸을 맡긴단 게 미안하셔서 그러셨던 것일까. 할아버지의 표정엔 왠지 모를 불안함이 서려 있는 것 같아 보였다.

나는, 괜찮아요, 편하게 기대셔도 돼요, 라고 속으로 외치지만 할 수 있는 건 최대한 무덤덤한 반응과 비교적 편한 인상을 짓는 것뿐. 그러나 그럼에도 할아버지의 표정 속 미묘한 미안함과 초

조함은 쉽게 사그라지지 않았고, 어느새 내 마음은 불편해지기 시작했다. 할아버지의 복잡한 감정에 나도 모르게 당황해 버린 것이었다. 그러나 아무 일도, 아무 반응도 없었다. 무슨 표현도 일어나지 않았다. 나는 배운 대로 봉사했다.

그런데 어째서인지, 할아버지 환자분은 내 느낌을 느끼시는 기분이었다. 마치 어린아이의 민감한 감수성처럼, 아프고 약해지신 환자분은 눈치를 보시며 불안해하셨다.

하지만 다행히도, 나는 그 시간을 무사히 잘 보낼 수 있었다. 그 말인즉, 환자분께도 비교적 편한 목욕으로 마무리될 수 있었단 것이다. 내가 당황스러워할 때에, 내 마음속 시선이 잠시 갈피를 잃었을 때에 곧 내 눈에 들어온 건 바로 환자분의 아드님이셨다.

그의 적당히 힘찬 소리와 언뜻 피곤해 보이지만 죽지 않은 총명한 눈빛은 인내를 담고 있었다. 어쩌면 나와 같이 느꼈을지 모를 할아버지 환자분의 힘겨운 감정을 받아들이는 겸손도 있어 보였다. 힘이 났다. 함께 들어간 아드님의 모습에서. 나는 곧 힘을 냈고, 내 모습도 조금은 환해졌을지도 모르겠다. 내 안의 친절은 이날을 기점으로, 인내와 겸손을 배워갔다. 그리고 그것이 그곳 생활이었다. 봉사자로서.

눈앞의 신호등이 노란불로 바뀌었다.

나는 조심스레 브레이크 페달에 힘을 실었다.

나는 지금 내가 사는 동네와 타동네를 가르는 좁고 긴 도로의 한복판에 잠시 정차해 있다. 이 도로만 지나면 내 동네로의 진입인데, 말하자면 집으로 가기까지의 마지막 타동네인 셈이다.

운전석 차창을 통해 비단실 같은 보드라운 햇살이 든다. 햇살 줄기의 기울기를 따라 시선을 옮겨보았다. 서쪽 하늘의 구름이 발갛다. 한낮의 굵고 선명했던 해의 핏줄들이 이제 하늘의 피부 속에 묻혀가는 듯하다.

아스라이 지나가는 햇살에도 눈이 부시다. 불그스레한 하늘을 보며 노을, 황혼 등의 말을 떠올리며 이따금 눈물이 나는 건, 남녀노소에 관계없이 지나간 익숙함을 다시 보았기 때문일 것이다. 나름대로 아름다웠던 때의 그리움을.

곰곰이 생각해 보면, 내가 기억을 상기해 오는 과정에서 아무런 실수도 하지 않았다고 볼 수는 없다. 생각이나 마음은 제멋대로 성향이 있어 멋대로 흘러가게 두면 그렇게 흘러가 버리니까. 마침 긴 신호가 걸린 게 다행인 건지도 모르겠다.

선영. '그녀'의 이름이다. 집에 도착하기 전까지 나는 그녀와의 시간들을 찾아야 한다. 또 내게 배와 체리를 주셨던 그녀의 어머님도 떠올려야 한다. 이미 목덜미까지 올라와 있는 그 추억들을 말이다.

파란불이 떴다.

조금은 운전이 피로하고 힘겨워지지만 집이 멀지 않았다. 나는 운전석 계기판을 봤다. 연료가 얼마 없다. 간당간당해 보이는 연료량이나, 집까진 충분할 것이다.

나는 액셀 페달에 힘을 실었다.

타인의 보이지 않는 감정까지 받아낸다는 것은 결코 쉬운 일이 아니다. 건강한 사람들에게는 적당히 선을 긋거나 타협점을 찾을지 모르겠지만, 환자분들에게 그것은 슬픔이 될 수 있다.

이심전심이라고, 마음의 물결은 신기하게도 다른 마음에로까지 흘러가는 게 분명했다. 누군가 불안해하고 있으면 구체적인 표현이 없어도 그 불안한 감정이 다른 누군가에게까지 전달되는 것처럼 말이다. 하지만 그런 마음의 파동을 누가 나서서 쉽게 꺾어버리거나 또 쉽게 재워버릴 순 없다. 자칫 마음이 상할 우려가 있기 때문이다. 싸움의 과정에 상한 마음은 불필요한 짐일 것이다. 그래서 때때로 지원자들은 사투하는 분들의 감정의 파동을 그냥 맞고 있을 수밖에 없는 상황이 온다. 인내와 겸손을 담은 조용한 친절이 위기를 맞을 때가.

그러나 고단한 생활 속에서도 희망을 잃지 않은 한 사람 때문에 위기는 기회가 되기도 했다. 내게 주어진 특수성이 때론 병실 속에 환함을 준 것처럼, '그녀'에게서 나오는 무언가가 불안에 떠는 내 마음속 물결을 편히 재우고 등불을 밝혀준 적이 몇 번 있었다. 그녀에게선 늘 승리의 전운이 감돌았다.

 아주머님과의 첫 재회가 생각난다.
 다소 떨리는 마음으로 센터를 찾은 날, 봉사자 목걸이를 두르는 것을 두고 관계자분과 면담하던 날, 형식적이면서도 의미가 담겨 있는 수락 신호가 있던 날 회의실에서의 면담을 마치고 나오는 복도 길에서 나는 내게 과일을 주셨던 그 아주머님을 다시 마주쳤다. 아주머님의 발은 나으신 것 같았다.
 다소 놀라고, 더 많이 반가워하시던 아주머님의 표정이 기억난다. 아주머님은 나를 보고, 그때 그 청년, 이라며 짤막한 외침으로 나를 기억하고 계심을 알려주셨다.
 "무슨 일로 왔어요?" 아주머님의 질문에 나는 말을 버벅거렸었다. 왜 그랬는지 모르겠다. 아마도 나는 "여기…, 저…, 봉사…." 정도로 대답했던 것 같다. 아직 떨리는 마음이 가시지 않았던 건 분명했다.
 아주머님은 몹시 반가워하셨다. 그리고 아주머님의 환영에 떨림은 곧 기쁨과 용기의 것으로 갔다. 그래도 아는 분이 있다는, 그런 든든함이었다.
 그리고 봉사를 하며 하루하루 지나면서, 이 병실 저 병실을 가면서, 중간중간 휴식시간 속에서 나는 아주머님과 짧은 대화를 나눌 수 있었다. 아주머님과의 대화는 소소했다. 아주머님께선 물어오셨다. 아침은 먹고 왔는지, 힘들진 않은지. 먹을 것을 싸 들고 오실 때면 좀 먹겠느냐고 물어오시기도 했다. 그 외의 일상의 여러 대화들도 나는 아주머님과 나누었다.

아주머님의 대화는 곧 따님, '그녀'와의 대화로 이어졌다. 항상 그녀의 병상을 지키던 어머님이셨던지라 대화의 장소엔 늘 그녀가 있었다. 그래서 아주머님과의 대화 중에서 그녀와의 대화로 자연스레 이어져 갔다. 대화 속의 대화였던 셈이다. 그것은 거창할 것 없이, "이것 좀 먹어요, 청년." 하는 어머님의 말에 "괜찮습니다." 하는 나의 대답에, 다시금 "드세요, 힘내야죠." 하고 그녀가 대답하는 식이었다. 나는 그렇게 그분들과 종종 대화를 나누며 쉬는 시간을 보내곤 했다.

그녀와 대화를 하지 않는 시간, 곧 내가 다른 환자들을 위해 봉사하며 병실을 옮겨 다닐 때에 그녀는 거의 독서를 하거나 복도를 걷거나 아니면 깊은 침묵 속에 들어가 있었다. 침묵 중에 있을 때 그녀는 침대 등을 조금 올리고 눈을 감고 가만히 있었다. 잠을 자는 게 아니란 것은 그냥 봐도 알 수 있었다.

나는 그녀의 침묵이 궁금했다. 그 침묵의 골도 말이다. 그녀는 홀로 무슨 기도를 하고 있을까, 하는 궁금함이었다. 어쩌면, 그녀에겐 특별한 봉사가 필요치 않았기에 더욱 그런 궁금함이 들었던 것이었는지도 모르겠다. 내가 그녀에게 어떤 봉사를 해준 게 뭐가 있을까, 생각해 보면 거의 없다. 가끔 그녀가 여러 권의 책들을 침대 옆 수납함에 넣는 걸 보곤 도와준 게 다라는 기억밖에 없을 정도로.

달리 말하면, 그녀는 정말 죽음의 때를 준비하러 온 것 같았다. 물론 호스피스 센터긴 하지만 말이다. 그래서인지 나는 그녀의 깊은 침묵이 궁금했다. 그러나 물론 그 침묵에 관해 물어본 적은 없다. 혹시 실례가 될까 봐.

시간이 조금 지나면서 나는 그녀와 점차 친해지게 되었다. 그녀는 침묵 중에 있지 않을 때 때때로 나를 불러 휴게실을 가자 했다. 그렇게 그녀와 내가 단둘이 대화를 나눌 정도로 좀 더 돈독한 사이가 된 건, 아마도 어머님께서 내게 말을 놓으실 즈음인 것 같다. 나보다 두 살 위인 그녀도 내게 말을 놨다.

병원 구역 내 야외 휴게실. 휴게실을 찾는 여러 사람들이 종종 있었지만, 호스피스 사람은 거의 없었다. 센터와 야외 휴게실은 거리가 조금 있었기 때문이었다. 그리고 물론 그녀와 둘이 가는 휴게실은 내 휴식시간 때이기도 했다, 여러모로.

그곳에서의 대화는 좀 더 자유로웠다. 잠시 호스피스라는 단어를 잊을 수 있었고, 가끔은 그녀가 환자란 사실도 잊어버리게 됐다. 잠깐의 휴식. 그러나 그녀와 무슨 말을 많이 나누는 것은 아니었다. 날씨 얘기, 구름 얘기, 따뜻하다, 시원하다, 그렇지? 그렇죠? 음, 좋아. 간단했고, 짧막했다. 하지만 편안했다. 어색한 짧은 마디보다 익숙하고 긴 마디였다.

그녀가 홀로 들어가는 고요함은 이런 것일까, 문득 드는 궁금함에 나는 물었다. 휴게실에 왜 같이 가자고 하는지. 그녀는 환자이기에 내가 섣불리 어디 가자고 말할 순 없었다. 그러나 그녀가 부르면 얘기는 달랐다. 그러나 그녀는 아무 말도 하지 않았다. 혹시, 내가 불편한 질문을 했을까, 나는 누나와 함께하는 시간이 좋은데. 걱정할 즘 그녀가 말했다. 네가 좋다.

더 이상 불필요한 말은 없었다. 나는 행복을 느꼈다.

나는 종종 그녀와 휴게실을 찾았다.

그러던 한 날, 내게 심각한 두려움이 찾아온 날이 있었다. 아마 봉사를 한 지 반년이 됐을 무렵이었던 것 같다. 그녀와 있던 병실엔 나보다 어린 열일곱 남자아이가 침상에 누워 있었다. 이진영, 이란 이름의 그 아이는 어린데도 긍정적인 아이였다. 형, 형, 하고 부르던 그는 평소에 내가 아주 반가웠던 모양이었다.

그러나 그날은 진영이의 마음이 몹시 괴로웠던 게 분명했다. 그 친구가 밥을 먹지 않았다.

왜 먹질 않느냐고, 조용히 타이르는 봉사자분들의 염려에 그는 그냥 입맛이 없다는 말뿐이었다. 그나마 나이가 그와 가까웠던 내가 갔을 때 그는 먹어서 뭐 하느냐는 가시 돋친 말을 했다.

뭐라 할 말을 잃었다. 나는 두려움에 휘말리기 시작했다. 천천히 속으로 숫자를 세며 내 마음을 진정시키곤 식판을 가져왔다. 진영이 한 끼를 거를 순 있지만, 전날 저녁부터 당일 점심까진 속이 상할 것 같아서였다, 여러모로.

하지만 식판을 들고 가자 그는 그것을 손으로 쳐올려 버렸다. 음식이 내 옷 상의에 흩뿌려졌고, 봉사자분들이 달려왔다. 동료분들은 진영을 진정시키고, 나는 내 어깨를 다독이며 잠시 쉬다 오라는 내 사수였던 봉사자분의 말에 휴게실로 혼자 나갔다.

야외 휴게실에 나가면 한쪽에 구비된 음료 자판기. 시원한 탄산음료 한 캔 뽑아다 벤치에 앉는데 뭔가 모르게 김이 빠졌다. 음료를 마셔도 그리 달지 않았다. 청량감보다 묵직함만 느껴졌다. 별수 없이 잠시 하늘만 멍하니 쳐다보고 있는데, 누가 내 뒤에서 어깨를 툭툭 치는 것이었다. 뒤돌아보니 그녀였다.

껌뻑껌뻑 그녀를 보고만 있게 됐다. 그녀는 곧 내 옆에 앉았고, 말을 걸어왔다.

"수산아, 힘들지?"

"잘 모르겠어요."라고 나는 대답했다. 그리고 이어서 말했다. "뭘 어떻게 해야 할지 감도 안 잡혀요."

그러자 그녀는 내 손을 잡았다. 뭘 말하는 걸까.

"나는 진영이를 좀 더 오래 봤어. 너보다는 그럴 거야. 누군가를 안다는 건 이런 거지."

그녀는 내 손을 잡고 놓지 않았다. 잠시 힘을 주는 그녀의 손에서 두려움은 사라져 갔다. 말보단 느낌으로, 생각보단 마음으로 그녀의 말을 알 수 있었다.

그녀는 일어나면서 내게 말했다. 자기보단 봉사자 목걸이를 두른 내가 더 나을 거라고. 나는 고개를 끄덕였다.

잠시 후 나는 병실로 들어가 진영이 옆에 앉았다. 그리고 그에게 나직이 말했다. 혹시 불안한 게 있으면 말해달라고. 얘기가 끝날 때까진 계속 있겠다고 했다. 그리고 그 고민을 함께 풀어가 보자고 말했다.

진영은 말하고픈 눈치면서도, 포기하려는 낌새를 보였다. 고개를 흔드는데, 말해도 어쩔 수 없으리란 판단이 서 있는 듯해 보였다. 나는 진영에게 나름의 고민과 생각은 존중하지만, 한 사람 생각보단 두 사람이 마음을 모아 생각을 나누다 보면 뜻밖의 실마리가 나올지도 모르지 않겠냐고 말했다. 조금 긴 호흡 끝에 진영이 말했다.

"우리 집은 작은 공장을 했어요. 집 짓는 데에 필요한 건축자재를 만들었죠. 지금은 잠시 멈췄어요. 제가 아프니까요. 자재의 가루가 많이 날려 제가 병에 걸렸거든요. 안 좋은 물질이 계속 날린 거죠. 그래서 우리 가족을 볼 때면, 저를 보고 때론 죄책감을 느끼는 듯해요. 하지만 저는 상관없어요. 누가 일부러 그런 것도 아니니까요. 물론 받아들이기 쉽지 않지만요. 그런데 나를 보는 가족들은 힘든가 봐요. 그래서 걱정돼요. 내가 없는 그분들의 날이. 나는, 괜찮다고 말해주고 싶어요. 내가 없어도 죄책감으로 살지 말라고요."

마음씨 착한 아이에게 나는 어떤 도움을 줄 수 있을까. 듣는 동안 화해가 생각났고, 영원이 생각났다. 나는 고개를 끄덕이며 진영과 머리를 맞댔다. 그리고 말했다.

"편지를 쓰자, 너의 마음을 적고 가족들이 힘들 때마다 꺼내 읽으실 수 있도록." 진영의 끄덕임에 나는 회의실에서 종이와 펜을 가져왔다. 그는 혼자만 보고 혼자서 썼다. 그리고 소박히 딱지를 접었다.

전달할 마음을 완수한 그의 얼굴은 흡족해 보였다. 나는 창을 봤다. 그녀는 웃고 있었다.

돌아보면 야외 휴게실은 그녀와 나만의 조용한 다락방이었다. 그곳엔 언제나 그녀가 있었다. 그녀가 없던 다락방은 혼자였을 뿐이었다. 그녀가 있었기에 휴게실은 쉼터였고, 쉼터에서 나는 사소한 한담에서부터 내 안의 나약함을 드러내는 대화 또한 할 수 있었다. 그래서 나는 그녀의 목소리에서 힘겨움의 출구를 찾았고, 그녀의 미소에서 내 차가운 면의 녹는점을 봤었다. 한때 내가 세상과 소통하던 창구는 늘 그녀와의 은밀한 다락방에서 고쳐지고 새로워졌다.

인공정원. 아무도 없던 곳. 선혜 씨. 나는 그때가 그리웠던 것일지도 모르겠다. 잠시 꺼져버린 라디오 전원을 다시 켜보았는지도 모른다. 잡음을 내던 주파수를 다시 맞추고 싶었던 걸지도 모르겠다. 물론 그런 것들을 의식하고 있진 못했지만.

그러나 불안증이 올라온 것은, 모르겠다. 두려움이 있어서 그런 것 같다. 아직 확실하게 단언하진 못하지만 불안이라는 말 자체처럼 무언가가 두려워서 다시 고장이 나버린 것은 아닐까. 고장 난 텔레비전의 채널이 화면에 떴다가 다시 팍 꺼지기를 반복하는 것처럼, 나는 오늘의 만남과 경험에서 그리움을 보고 그녀의 죽음도 은연중에 상기했던 것은 아닐까. 꼬마들의 장난에 터진 풍선소리에 교통사고를 연상했던 것처럼.

언뜻 비슷한 흐름이 맞물리고, 그 가운데 나는 혼란스럽다. 친절을 두고 불안증이 올라왔던 이유는 내가 돌이켜보기엔 그 밖의 이유가 없는 것 같다.

집에 거의 다 와가는 지금, 마지막 남은 신호 하나를 거치며 싸리나무 한 그루가 눈에 띈다. 나는 창문을 열고 긴 호흡을 들이마셨다 뱉었다.

인도에 선 싸리나무에 갈변한 나뭇잎 한 잎이 유독 더 눈에 띈다. 문득, 내 안에서 병든 언어 또한 저 잎과 비슷하단 생각이 들었다. 갈변한 잎은, 양분을 잘 받지 못해 생겨난다. 싸리나무의 그 머리칼 한 자락에 왠지 마음이 슬프게 간지럽다.

이제 도로가 꺾이고 골목으로 들어왔다. 잠시 서행하며 가자 집이 보였다. 주차장에 차를 대려고 하는데 문득 싸리나무가 다시 떠올랐다. 어디서 들었더라? 잘 기억나지 않는다. 싸리나무는 사막에서도 산다고.

 이윽고 나는 주차를 하곤 차에서 내렸다. 그리곤 얼마나 운전을 했나, 시간을 보려고 주머니에서 스마트폰을 꺼냈다. 오후 여섯 시. 그런데 모르는 번호로 메시지 한 통이 와 있었다. 진동을 못 알아채진 않는데, 아무래도 회상하는 데 푹 빠져 있었나 보다. 나는 빌라 층계참을 오르면서 메시지를 열어봤다.

- 안녕하세요…? 저, 병원에서 그 사람이에요. 오늘 감사했어요….

7

그녀에게 뭐라고 답장을 해야 할지, 그 생각을 남겨둔 채로 일단은 현관문을 열었다. 비로소 신발장 불이 켜지고, 작지만 밝은 빛이 거실을 조명하자 익숙했던 모든 것들이 온몸으로 느껴졌다. 익숙한 냄새, 익숙한 구조, 익숙한 가구들. 집 안 곳곳에 어질러진 물건들이 좀 있긴 해도, 혼란스럽지 않다. 물론 아직까진 완전하게 가슴속의 답답함을 해갈하진 못했지만, 집으로 오는 길, 차 안에서 나름대로 많은 짐을 털어내고 온 것 같다. 그럭저럭 속이 편하다.

  곧 신발장 조명의 시간이 다했다. 나는 손에 쥐고 있던 스마트폰 액정을 다시 밝혔다. 그리고 내게 온 메시지를 다시 읽어봤다. 오늘 감사했어요. 몇 자 안 되는 감사의 전달에 문득 마음이 산뜻

해진다. 뭔가, 마음속 답답함이 한순간 풀어지는 기분이다. 이윽고 나는 그녀에게 답신을 보내기 위해 잠시 내용을 고민해 보았다. 그리고 곧 '별말씀을요, 얼른 퇴원하길 바랄게요.' 하고 써 보냈다.

　비로소 집 안으로 들어간 나는, 거실과 부엌의 형광등을 차례로 켜고 내 방으로 들어갔다. 그리고 책상 위에 폰을 올려두곤 다시 거실로 나왔다. 그리고 거실 소파 위에 몸을 뉘다시피 앉혔다. 고개를 돌려 발코니 쪽을 바라보니 이미 어둑어둑해진 창밖이 보인다. 부모님은 야근을 마치시고 아홉 시쯤 귀가하신다. 조용하고 해 진 거실, 푹신한 소파 위에 몸을 기대고 있으니 잠이 솔솔 밀려온다. 이대로 자버릴까, 하는 생각이 들자 몸에 기운이 스르륵 빠지는 것 같기도 하다.

　그렇지만 나는 애써 몰려오는 졸음에 고개를 젓고 자리에서 일어났다. 배가 고팠다. 끼니를 꼬박 챙기는 편은 아니지만 지금은 속이 쓰릴 정도로 배가 고프다. 뭐라도 채워 넣어야 할 것 같다.

　이윽고 나는 부엌으로 가 아침에 먹고 남은 김치찌개를 다시 데웠다. 그리고 냉장고에서 달걀 두 개를 꺼내 프라이를 했다. 밥을 푸고 찌개와 프라이를 각각 대접과 접시에 담았다.

　음식들을 식탁에 올리자 조촐하지만 알찬 식탁이 차려졌다. 상이 다양하진 않지만 공복을 채우는 데 모자람은 없었다. 특히 출근 전 어머니께서 마련해 놓고 가신 찌개 하나엔 매운맛, 단맛,

짠맛 등 좋아하는 맛은 이미 다 들어가 있다. 나는 곧 의자에 앉아 밥을 먹기 시작했다.

저녁 식사를 끝마치자 배부름이 올라오면서 기운이 돋아났다. 문득 밥을 먹길 잘했단 생각이 들었다. 먹지 않고 소파에 그대로 널브러져 잤으면 내일 아침 시체로 일어났을지도 모르리란 웃긴 생각도 든다. 나는 다 비운 그릇들을 설거지했다.

설거지를 하고서 나는 샤워를 하려고 내 방으로 들어가 서랍장에서 새 옷을 꺼냈다. 그리고 방을 나오는 참에 한번, 책상 위에 올려둔 스마트폰 액정을 눌러봤다. 그녀로부터 별다른 메시지는 와 있지 않았다. 나는 새 옷을 들고 욕실로 들어갔다. 그리고 샤워를 했다.

샤워를 끝내고 나오자 시원한 물 한 잔이 마시고 싶었다. 나는 부엌으로 가 컵에 찬물을 가득 따랐다. 그리고 컵을 들고 내 방에서 폰을 가지고 나와 거실 소파에 앉았다. 물을 꿀꺽꿀꺽 삼키면서 폰을 확인하는데, 화면 상단 바에 톡 알림 하나가 떠 있는 게 보였다. 바를 살짝 내려보니, 선혜, 라는 이름이 떠 있다. 그녀는 내가 샤워하는 동안 메시지가 아닌 톡을 보내온 것이었다. 나는 컵을 바닥에 내려놓고 톡을 확인해 보았다.

- 저 퇴원했어요. 그리고 신경정신과에 입원한 거 아니에요. 설명하자면 복잡한데…. 만나게 되면 말씀드릴게요.

몇 번 반복해서 선혜 씨의 톡을 읽어봤다. 처음엔 그녀의 말을 이해하지 못했다. 그러나 그녀의 말을 곱씹어 볼수록 눈에 보이는 텍스트 자체는 그리 중요한 것 같지 않았다. 어쩌면 그녀는 자신의 몇 가지를 설명하길 원하는지도 모르겠다. 혹은 정원에서 대화했듯 답례를 해주고 싶은 건지도 모른다. 어찌 됐든 중요한 건 그녀가 어떤 만남의 자리를 갖길 바라는 것 같단 것이었다. 그래서 나는 구태여 그녀가 왜 신경과가 아니었는지 알고 싶다. 더불어 왜 그녀에게서 '그녀'가 보였는지 좀 더 명확하게 알고 싶다.

　나는 그녀에게 회신을 써 보냈다.

- 전 아무 때나 괜찮아요. 장소도 신경 안 쓰고요.

　바닥에 놓은 컵을 들고 남은 물을 다 마셨다. 그리고 거실 불만 남기고 남은 불을 다 끈 후 내 방으로 들어갔다. 침대 옆 작은 탁상에 폰을 내려두고 나는 침대에 누웠다. 잠시 잠의 색깔 위에 뜬 눈으로 있자 옆에서 진동이 울렸다. 나는 몸을 돌리고, 탁상에 손을 뻗어 폰을 확인했다.

　그녀는 내게 내일 오후 중으로 커피를 한잔하자고 했다. 나는 알겠다고 답했다. 그리고 거기서부턴 끊이지 않고 정확한 시간대와 장소에 대한 얘기가 이어졌다. 그리고 마침내 시내의 모 카페에서 만나기로 최종적으로 정해진 후 나는 폰을 다시 탁상에 내려놓을 수 있었다.

　더는 진동이 울리지 않는다. 이젠 진짜로 자야 하니까. 내일 또 울리겠지, 그런 생각이 들자 또다시 오늘 하루를 돌이켜보게 된다. 나는 눈을 감았다. 그리고 잠을 청했다.

꽤 많은 일이 있던 하루였다.

새날이 텄다.

나는 몸을 뒤척이며 상체를 일으켰다. 잠에서 깬 것은 다름 아닌 손등이 아파서였다. 방금 막 잠에서 깰 때 내 자세가 새우처럼 한쪽으로 쏠린 자세였는데, 내 무릎이 멍든 내 손을 한껏 누르고 있었다. 잠결에 뒤척이다가 자세가 그렇게 된 거겠지만 말이다.

나는 멍든 내 손등을 바라봤다. 그러자 곧 어제 선혜 씨에게서 '그녀'가 보였던 일이 다시 떠올랐다. 문득 침대 머리맡 쪽의 살짝 열린 창문 틈으로부터 선선한 바람이 불어왔다. 선혜 씨와의 약속이 자연스레 생각난다.

이윽고 나는 침대 옆 탁자 위에 놓아둔 스마트폰으로 시간을 확인했다. 오전 아홉 시 삼십 분. 어제, 선혜 씨와의 약속을 오후 열두 시로 잡았다. 그래서 알람을 오전 열 시로 맞췄다. 좀 더 일찍 일어나게 됐다. 이제 슬슬 일어나 준비하면 될 것 같다.

나는 방 창문을 활짝 열곤 거실로 나왔다. 거실로 나오자 약간 텁텁한 공기가 느껴졌다. 내 방과 부엌 베란다를 제외한 나머지 집 안의 창문들은 아직 닫힌 채니 당연한 것이다. 그래서 나는 아침을 먹기 전에 발코니를 시작으로 집 안의 창문들부터 다 열기 시작했다. 그 후 아침을 먹기 위해 부엌으로 갔다. 식탁 위를 보니 여러 개의 빵이 놓여 있다. 팥빵, 크림빵, 식빵 등. 어젯밤 부모님께서 귀갓길에 사 오신듯하다. 나는 정수기로 뜨거운 물을 컵에 받았다. 그리고 컵 거치대 옆에 있는 커피 원두 통 뚜껑을 열고 스푼으로 원두 세 스푼을 탔다.

식탁 앞에 앉아 커피를 마시면서 빵을 이것저것 뜯어 한 개씩 맛보는데, 문득 지금 이 상황이 신기하단 생각이 들었다. 잘 모르는 사람을 이처럼 만나는 건 조금 많이 이색적이다. 그녀는 어떤 사람일까, 그로부터 오는 염려와 부담이 솔직히 없진 않다. 그렇지만 나는 다시 '그녀'를 떠올렸다. 조금은 선혜 씨와의 약속을 친근하게 받아들이기 위해.

간단한 식사를 끝내고 나는 씻으려고 욕실로 들어갔다. 양치를 하고 머리를 감고 마지막으로 세안을 하다가 우연찮게 거울 속에 비친 시퍼런 손등을 다시 마주 보게 됐다. 나는 얼굴을 문지르다 말고 내 손등을 잠시 내려다봤다. 어쩌면 대화거리가 끊기지 않을지도 모르리란 생각이 든다.

　나는 하던 세안을 마저 했다.

　다 씻은 후 나는 방에 들어와 화장품을 발랐다. 헤어 드라이기로 머리를 말린 후 옷장을 뒤적였다. 어떤 차림이 좋을까 고민하며 옷을 헤쳤다. 서랍 안의 너무 편한 복장을 피하며 적당한 차림을 찾아보았다. 그리고 곧 깔끔하면서 적당히 편한 옷을 고른 나는 그것들을 입곤 거실에, 거실과 발코니를 가르는 문지방 앞에 있는 전신 거울 앞에 가 섰다.

　파란색 슬랙스에 흰 맨투맨 그리고 회색 블루종을 걸친 내 모습을 마주 보자 이제 곧 집을 나설 때가 됐단 것이 피부로 느껴졌다. 폰으로 시간을 확인해 보자 정말 그쯤이었다. 그래서 나는 폰과 지갑을 챙기곤 신발장으로 갔다. 그리고 신발을 신으려는데 마침 창문을 다 열어놓았단 사실이 떠올랐다. 나는 다시 신발을 벗고 들어와 창문들을 닫아가기 시작했다. 부엌 베란다부터 해서 집 안 창문들을 모조리 닫았다. 집 안 곳곳에 환기가 되어 전반적으로 집 안 공기가 가벼워져 있음을 느낄 수 있었다. 마지막으로 발코니 창문을 닫을 때 나는 문득 발코니 테이블에 놓아둔 읽다 만 소설책 세 권에 눈이 꽂혔다. 언젠가 다 읽을 것들이었다. 다녀와서 독서를 해야지, 하고 가벼운 마음을 먹으며 나는 신발장으로 향했다. 신발을 신고 문을 열었다.

• • •

　시내는 교통이 혼잡하기에 나는 차가 아닌 버스를 타고 가기로 했다. 집 근처 정류소까지 가서 잠시 기다리자 곧 시내 방면의 버스가 도착했다. 버스를 타고 이십 분쯤 걸려 시내에 도착한 나는 선혜 씨와 약속된 카페로 갔다. 마침내 카페에 도착해 폰을 열어 보니 약속 시각으로부터 이십 분 정도 빨리 왔음을 알 수 있었다.
　나는 차가운 커피를 한 잔 시키곤 2층으로 올라갔다. 층계를 오르자, 대각 끝 쪽에 테이블 하나가 남아 있는 게 보였다. 나는 그곳에 자리를 잡았다. 내가 앉은 곳 바로 옆으로 테라스가 나 있어 답답함을 해소시켜 준다.
　나는 잠깐 주위를 둘러봤다. 카페 안엔 책을 읽는 사람들부터 잡담을 나누는 사람들까지 다양한 사람들이 시간을 보내고 있었다. 커피를 몇 모금 마시면서 나는 선혜 씨가 올 때까지 무얼 하며 기다릴까, 하고 생각했다.
　이어폰을 끼고 오디오북을 들을까, 테라스로 야외 구경을 할까, 그녀에게 연락을 해볼까. 때마침, 여기 올 때까지 그녀와 한 통도 연락을 주고받지 않았단 사실을 깨달았다. 왜 이제야 그 사실을 알았을까? 그러나 나는 이미 도착했다. 어떤 확실함도 없이. 그녀도 마찬가지일까? 문득 그게 두려웠다. 어젯밤 톡으로의 약속으로, 오늘 다가올 시간을 잡고 올지. 실은 조금쯤 주저함이 담긴 걸음으로 나는 여기까지 왔다. 그러니 그녀가 오지 않아도, 내 뒤통수만 보고 간 것일 뿐이다.

그러나 나는 폰을 들고 전화를 걸려고 했다. 그런데 그때 누가 와서 내 얼굴을 가리었다. 고개를 드니 처음 보는 얼굴이 내 쪽을 빤히 보고 있었다.

가르마를 탄 머리, 긴 속눈썹, 붉은 계열의 입술. 처음 보는 얼굴이어서 나는 다소 당황스러웠다. 그녀가 울고 있던 그늘진 그녀라는 걸 깨닫는 덴 시간이 좀 걸렸다.

"저예요, 저." 선혜 씨가 내 앞자리에 앉으며 말했다. 그녀 손에도 커피가 들려 있었다.

"그럼요, 선혜 씨." 그리고 나는 여전히 긴장이 조금 남은 목소리로 물었다. "그런데 어떻게 저를 찾았죠?"

조금 뜸을 들이다 그녀는 말했다.

"혹시 몰라서 와봤어요. 손등을 보니 확실히 알겠더라고요."

나는 내 손을 바라봤다. 그녀가 내 쪽을 향해 빤히 보고 있던 건 피멍이었던 것이다.

"오는데 얼마나 조마조마했는지 몰라요." 그녀가 이어 말했다. "처음엔 어제 열두 시까지로 약속을 잡았으니깐, 하고 오는데 시간이 다 돼 갈수록 연락이 없으니까 깜빡한 건 아닐지, 무시하는 건 아닐지 별별 생각이 다 들더라고요. 아직 시간이 좀 남았을 땐 딱히 걱정 안 했는데, 다가오니 그래요."

그녀도 마찬가지였나 보다. 비록 서로 의도치는 않았겠지만.

"네, 결국 별걱정이었네요."

나는 멋쩍게 웃어 보였다. 별걱정이었다, 란 말이 좋다. 그녀도 살짝 입꼬리를 올렸다.

그러고서 잠깐의 침묵이 왔다. 나는 커피잔을 들었다. 괜히 테라스 쪽을 몇 번 쳐다보고 힐끔힐끔 그녀를 바라봤다. 그러다 조금 공들여 바라봤다.

"실례지만 아까 못 알아볼 뻔했어요, 제가 알던 분이 맞는지 말예요." 내가 어색한 침묵을 깨고 말했다. 그러자 그녀가 작게 웃음을 띠었다.

"아, 오늘 화장이 좀 잘 먹어서요…."

"음, 그런 의미라기 보단…, 아녜요. 너무 예쁘셔서요."

나는 다시 잔을 들었다. 선혜 씨도 고개를 끄덕이며 커피를 마셨다. 내가 무슨 말을 했는지 알 것 같단 끄덕임으로 보였다.

다시 침묵이 찾아오고, 우리는 괜히 다른 곳을 쳐다보며 힐끔힐끔 서로를 봤다. 약간의 짧은 몇 마디가 오갔지만, 솔직히 조금 많이 어색했다. 병원에서 처음 만났을 때가 오히려 더 얘기하기 수월했단 생각이 들 만큼 말이다.

"혹시! 손등은 좀 어때요?" 이번엔 그녀가 어색함을 풀었다. "아직 멍이 안 간 것 같은데."

"거의 다 나았어요." 그러면서 나는 무심코 손등을 테이블 밑으로 숨겼다.

"그때 많이 고마웠어요. 그것 때문에, 답례랄까요? 하고 싶었어요." 그녀에게서 미안함인지 고마움인지 모를 감정이 표정에 어린듯했다. 나는 고개를 끄덕이며 말했다.

"감사해요. 답례해 줘서."

"아직 한 건 없는데요? 우리 여기 따로 왔어요."

나는 그녀의 얼굴을 바라봤다. 그리고 테라스를 한번 보고 다시 그녀를 봤다.

"답례하니 갑자기 톡 내용이 떠올라요. 신경과가 아니라고요?"

"네네, 그게 그때는 저도 생각할 겨를 없이 그냥 말을 한 거라…, 사실 외상외과로 입원했어요."

"외상외과요?"

내가 재차 묻자 그녀는 커피를 몇 모금 마셨다. 그리고 입을 오므리곤 눈을 위로 굴렸다. 뭔가 생각 중인 것 같았다. 이내 그녀가 나를 보며 말했다.

"엊그제 새벽에 사고가 났거든요. 원룸 계단을 오르다가 굴렀어요."

나는 조금 눈을 크게 떴다. 크게 다친 건 아닌 것 같아 다행이란 생각이 들었다.

"갑자기 왜 그랬는지 모르겠어요. 순간 머리가 어질하고 균형감각에 힘이 빠진 느낌이랄까요? 힘이 없었어요. 계단을 더 오를 힘이 없었죠. 그러다 힘이 풀릴 때쯤 억지로 계단에 발을 올릴 때랑 물린 거죠, 뭐. 그대로 뒤로 굴렀어요."

"에구, 많이 아팠겠어요. 어떻게 병원은 왔네요?"

"솔직히 당시 기억은 잘 안 나요. 통증도요. 원룸에 사는 이웃분이 저를 보곤 신고해 주셨어요. 다행이죠."

나는 고개를 끄덕였다. 불의의 사고였구나, 라고 생각하며 그녀에게 물었다.

"그래서 외상외과였군요. 그런데 감각에 힘이 빠졌으면 신경과를 가보는 게 좋지 않나요?"

그러고서 그녀 쪽을 바라보는데, 그녀가 손에 쥔 잔에 얼음밖에 없다는 걸 보았다. 나는 손가락으로 내 잔을 가리키며 물었다.

"조금 드실래요?" 그녀가 좋다고 했다. 나는 내 잔 속에 남은 커피의 반을 그녀의 잔에 부어주었다.

"물론 그쪽으로도 검사를 했어요. 여러 검사를 하고 경과를 봐야 해서 잠깐 입원도 했고요. 근데 큰 문제는 없었어요. 그냥 단발적인 밸런스 이상? 정도랄까요."

그녀는 커피를 몇 모금 마셨다. 나도 마셨다.

그녀는 지금 아프진 않을까, 그런 궁금증이 들었다. 내 손등의 통증보단 그녀의 통증이. 그래도 곧 이상이 없다니 다행인 것 같다. 나는 조금 궁금한 것이 들어 조심스레 그녀에게 물었다.

"그때…, 혹시 왜 그러고 있었는지 물어도 돼요?"

"아, 그거요?" 그녀는 조금 어색하게 웃어 보였다. 음, 하는 가늘고 낮은 소리를 내며 그녀는 생각하는 것 같았다. 혹, 조금 무거운 질문이었을까, 나는 그렇게 생각하며 그녀를 바라봤다. 그녀는 이 자리에서 하게 될 대화란 것을 약간 염두에 두고 온 것 같았지만, 쉽지 않은 듯했다. 나는 질문을 물리려 했다. 그런데 그녀가 먼저 말했다.

"혹시 뒤에 시간이 비나요?"

"시간이 비긴 해요." 나는 살짝 긴장했다.

"맨입으로 말하기가 조금 힘든데. 술 한잔할래요? 입가심할 정도로만."

"음…."

나는 테라스로 고개를 돌렸다. 대낮이다. 조금 낯선 시간대다. 곧 나는 다시 그녀를 바라봤다. 그러자 그녀가 말했다.

"조금 부담이죠."

그녀는 힘이 없는 눈을 하고 있었다. 아주 짧은 시간 동안 그녀의 눈을 보고 있는데, 갑자기 또 '그녀'가 선혜 씨에게서 아른댔다. '그녀'의 얼굴이 덧대어 보였다 말았다 했다. 그리고 그 얼굴을 아주 짧게 본 것만으로 묘한 애틋함이 다시 피어올랐다.

"여는 데 있으면 가요." 나는 말했다. "아직 답례 못 받았으니까요."

· · ·

　카페를 나온 우리는 동성로 광장 한가운데서 잠시 식당을 찾으려 머뭇거렸다. 주변은 거의 의류점이나 카페로 가득해 보였다. 곧 그녀가 다시 내게 잘 아는 식당이 있느냐 물었고, 나는 이곳을 와본 적이 몇 되지 않는다고 했다. 그러자 선혜 씨가 알겠다며 경양식을 추천했다. 나는 좋다고 했고 그녀는 조금 앞장서 걸어가기 시작했다.

　그녀는 광장을 가로질러 어딘가로 갔다. 잠시 후 공원 하나가 나왔고 그녀는 그곳도 지나쳐 골목 어귀로 들어갔다. 골목에 슥, 슥 진입하자 또 다른 거리가 나왔는데 주변을 둘러보니 몇몇의 식당이 보이기 시작했다.

　이 거리로 오기까지 우리는 한마디 말도 하지 않았다. 나는 조금 어색했다. 오는 동안 무슨 말이라도 걸어볼까, 하는 심정이 들었다. 그러나 그녀는 땅을 보며 골몰히 생각에 잠긴듯해 보였고, 그러면서도 이 거리까지 놓치지 않고 들어왔다. 이윽고 그녀가 걸음을 늦췄다.

　"혹시 나이가 어떻게 돼요?" 내가 물었다.

　"저요? 저 스물다섯이요."

　그렇게 말하며 그녀는 다시 골목으로 들어갔다. 여기에 식당이 있나, 하고 의아해하는데 그녀가 물었다. 나이가 어떻게 되냐고.

나는, 똑같은 나이라고 말했다. 마침내 그녀가 걸음을 세우자 조그만 주택 1층에 세워진 경양식 식당이 보였다. 나무로 된 조그만 울타리가 있고, 시골을 연상케 하는 잔디와 돌이 깔린 작은 마당 속에 세워져 있는 큰 유리문이 보였다.

이윽고 안으로 들어간 우리는 조금 구석진 곳에 자리를 잡았다. 두 테이블 정도 사람들이 차 있었다. 곧 메뉴판을 보고 뭘 먹을지 고르다 그녀는 파스타를 주문했다. 나도 같은 걸 주문했다. 그리고 종업원이 발을 떼기 직전, 그녀가 생맥주를 두 잔 추가했다.

"여기 꽤 소담하고 좋네요. 이런 곳에 식당이 있다니."

나는 주변 인테리어를 보며 말했다.

"맛도 꽤 괜찮아요."

선혜 씨는 약간 자신 있단 표정이 되어 말했다. 나는 고개를 끄덕였다.

"이름이 어떻게 돼요?" 선혜 씨는 폰을 테이블 한쪽 끝에 올려두며 물었다.

"이수산이요."

"네."

우리는 음식이 나올 때까지 잡담을 나눴다. 식당에 관한 얘기가 거의 잡담의 전부였다.

잠시 후 음식과 함께 맥주도 나왔다. 우리는 포크와 숟가락을 들었다. 파스타 면을 힘없이 돌리면서 먹는 둥 마는 둥, 그녀와 나는 맛에 대한 얘기만 짤막이 나눴다. 어색한 웃음을 몇 번 곁들이면서. 파스타 맛은 정말로 좋았다.

나는 식탁 위의 나와 그녀의 맥주잔들을 바라봤다. 각 잔 속 눈금이 한 치도 줄지 않고 있었다. 나는 잔을 들고 조심히 앞으로 뻗으며 물었다. "아까 하려 했던 말이 뭐였죠?" 약하게 잔을 부딪치고서 우리는 맥주 몇 모금을 마셨다. 그러고서 그녀가 답했다.

"아, 그거요? 뭐랄까, 여러 감정이 터져서 그랬어요. 그땐 뭔가 스스로 무가치한 것 같단 감정에 솟구쳤거든요. 그러면서도 한편으론 내가 왜 이런 감정에 빠지나, 막 고민하게 되기도 했고요. 몸도 아프고…. 힘든 게 연이어 터져서 그랬던 것 같아요. 왜 그럴 때 있잖아요, 힘든 게 연달아 터지면 전에 몰랐던 좌절감이나 허무함이 몰려오는 그런 감정? 그게 와서 그랬어요."

선혜 씨는 여전히 맥주잔을 잡은 채였다. 내가 물었다.

"그렇다면 사고가 난 게 조금….'

"아무래도 그렇죠. 그런데 사고 날 만했어요. 제대로 뭘 먹질 못하고 있었거든요. 입맛도 없고 그래서 밥을 제때 안 먹었어요. 그러다 힘이 빠져버린 것 같아요."

나는 파스타를 돌렸다. 그녀는 다시 맥주를 몇 모금 마셨다.

"힘든 것 여러 가지가 이어 온 거군요. 그렇대도 뭔가 최근에 구체적으로 힘든 일이 있었을 텐데요?"

"네." 그녀가 잔에 남은 맥주를 조금 힘겹게 넘기곤 말했다. "남자친구랑 헤어졌거든요."

 조금 갸웃하게 되는 속얘기면서도 한편으론 끄덕이게 되는 속얘기이기도 했다. 좋아하는 사람과의 이별은 누구에게나 쉽지 않으니까.

 "거의 술을 안 드시네요." 그녀가 말했다. 나는 아직 땀을 많이 흘리고 있는 내 잔을 보곤 잔을 들었다. 얼추 그녀의 양과 비슷하게 맞추자 그녀가 말했다. "부담을 주려는 건 아니었는데."

 "부담 아니에요." 나는 또 한 번 멋쩍게 웃어 보였다. 그리고 말했다. "전 남자친구랑 추억이 많았나 봐요."

 그러자 그녀는 돌리던 포크의 회전 속도를 잠시 늦추는가 싶더니 이내 빠르게 돌렸다. "바람 맞았어요." 그리고 면을 숟가락에 올려 먹었다. 꽤 덤덤하게 말하는 그녀가 조금 신기했다.

 이윽고 파스타와 맥주를 다 비운 우리는 종업원에게 부탁해 접시만 치우고 생맥주를 한 잔씩 더 주문했다. 잠시 후 생맥주가 나왔고 우리는 바로 맥주를 몇 모금 마셨다.

 "밥을 못 먹었단 게 조금 이해가 돼요. 어떤 이유인지, 경황인지 모르지만 여하튼 충격이었겠죠."라고 내가 말하자, 곧 그녀가 답했다.

 "한 몇 주 힘들었어요. 하루이틀 만에 끝내려고 했는데 잘 안되더라고요. 그동안 잘 못 먹은 것도 있지만, 문제는 마음으로부터 좀 불평하게 되는 거였어요. 때론 짜증스럽고…." 그러고서 그녀는 다시 잔을 잡았다. 그리고 내게 이렇게 물어왔다.

"우리 그냥 말 놓을래요…?"

나는 고개를 끄덕였다. 곧 그녀가 덧붙여 말했다.

"여하튼 지난 일만 생각하면 속이 답답하고 억울해졌어. 내가 누군가에게 필요한 인물이긴 할까? 하는 속상한 생각도 들고…. 좀 그랬어. 병원에 있을 때 특히 더 그랬거든. 너무 답답하니까 아무도 없는 곳에서 머리를 친 거지."

그녀의 얼굴은 어느새 발갛게 달아올라 있었다. 동시에 어두워져 있었다.

"내가 왜 이럴까? 나는 뭘 위해 살아가는 걸까. 궁금하지 않아?" 그녀는 내가 아니라 잔 안의 술에 시선을 둔 채 물었다.

나는 맥주를 벌컥벌컥 마셨다. 조금 빠른 속도로 잔을 비우니 목이 따갑고 아프다. 잔을 내리니, 잔 안은 비어 있었다. 나는 잔을 테이블 한쪽으로 몰았다. 그러고서 그녀를 봤다.

그녀는 반쯤 눈을 감고 있었다. 그녀는 그 상태로 가만히 잔만 보고 있고, 나는 그 모습을 보고 있었다. 그런데 한순간 갑자기 이명소리가 들려왔다. 이상했다. 또 슬슬 멋대로 그림이 그려지기 시작했다. 실루엣처럼 '그녀'의 모습이 그려지고, '그녀'를 중심으로 일렁이는 선들이 주변을 그렸다. 선혜의 얼굴에 덧대어 보이는 그녀는 눈을 감고 무어라고 말하는 모습이다. 그 음성이 색을 채우며 귓가의 이명 중에 들려오는 것만 같다. '좀 더…, 더

욱…, …….'

 이윽고 나는 두 뺨을 살짝 두들겼다. 그리고 조심스레 선혜에게 말했다.

 "무슨 이유가 있겠지. 여하튼 답례 고마워. 덕분에 손이 빨리 낫겠는걸."

 그녀가 눈을 치켜뜨면서 날 봤다. 살짝 술김이 깬 것 같은 표정이다. 그녀가 말했다.

 "맞다. 그때 말려준 건 정말 고마웠어. 정식으로 말을 못 했네."

 나는 미소를 지으며 손사래를 쳐 보였다. 그러고서 곧 우리는 자리에서 일어났다.

8

　식당을 나온 우리는 인근 공원까지 함께 걸어 나왔다. 아직 대로변으로 나오기 전에 나는 그녀에게 잘 먹었다고 인사했다. 그녀는 도로 얘기를 들어주어 고맙다고 답해주었다.

　공원을 지나쳐 나오며 나는 선혜에게 어느 방면으로 가느냐고 물었다. 그녀는 손으로 길 한쪽을 가리켰다. 손끝을 따라가 보자 지하철역이 있었다. 나는 천천히 고개를 끄덕이며, 나는 버스를 타고 왔다고 말했다. 곧 우리는 지나쳐 온 길과 대로변의 가운데서 인사하고 헤어졌다. 그녀는 돌아서 지하철역을 향해 가고 나는 인근의 버스 정류장을 향해 갔다.

　이윽고 정거장에 도착해 보니 여러 사람들이 앉아서 혹은 서서 저마다의 버스를 기다리고 있는 게 보였다. 나는 전광판을 봤다.

집으로 갈 버스가 오 분 후 정차 예정이었다.

나는 정거장 한쪽 끝에 가 섰다.

고개를 삐쭉 내밀어 버스가 오는 방면을 바라보자 자연히 기다리고 있는 사람들도 눈에 들어온다. 정말 다양한 사람들이 있었다. 정장을 입은 사람, 편한 사복을 입은 사람, 어르신, 아이. 문득 이들의 종착역은 어디일까, 하는 궁금증이 들었다. 병원에서, 그들이 찾는 과가 어디일까 하며 시간을 보낼 때처럼.

이윽고 버스 한 대가 다가왔다. 내가 탈 버스는 아니었다. 곧 버스가 서자 사람들이 내리고 탔다. 그리고 다시 출발했다. 내가 있는 곳은 시끌벅적한 시내의 정거장이다. 그러니 사람들의 종착역이 어디든 대개는 집으로 가기 위함일 것 같다. 복잡한 일을 마치고 돌아가는 것이든, 한탕 즐겁게 놀고 돌아가는 것이든 가장 편한 곳으로 말이다.

문득 선혜가 생각났다. 그녀는 지금쯤 전철을 탔을까? 그녀는 편하게 가고 있을까. 나는 그녀와 헤어질 때의 마지막 얼굴을 떠올려 보았다. 그럭저럭 괜찮은 표정이었던 것 같기도, 아닌 것 같기도 했다. 곧 나는 기억을 더 뒤로 돌려 식당에서의 얼굴을 상기해 보았다. 웃고 있는 얼굴, 살짝 염려하는 듯 걱정스러운 얼굴, 조금 어두운 얼굴, 그러다 선혜의 얼굴에서 '그녀'를 마주 보았다. 곧이어 그녀가 무어라고 했던 목소리도 이명 중에 함께 들리는 듯했다.

'그녀'가 그려졌던 때는 선혜가 힘겨운 얼굴을 할 때였다. 선혜가 전 남자친구와 헤어지게 되고서 힘든 얘기를 하고 있을 때. '그녀'가 왜 다시 보였는지 정확하겐 알 수 없다. 하지만 알고 싶다. 몹시 그립기 때문이다.

곧 내가 탈 버스가 오고 있는 게 보였다. 버스가 서고, 내릴 사람들이 내리고, 탈 사람들은 모두 한차에 탑승했다. 나도 탔다. 고개를 들어 버스 안을 깊숙이 바라보니 사람들로 꽉 차 좌석이 없는 게 한 번에 보였다. 나는 적당히 버스 중간쯤에 손잡이를 잡고 섰다.

곧 룸미러를 통해 기사님이 눈대중으로 사람들을 보고 있는 모습이 보였다. 아마도 각 사람들이 나름대로 자리를 잡았는지 확인하시는 것 같다.

나는 고개를 돌렸다. 널따란 차창 속에 투명하면서도 선명하게 희미하면서도 뚜렷하게 뜬 내 얼굴이 보였다. 나는 차창에 '그녀'의 모습을 한번 그리곤 그녀가 무어라고 말했는지 기억하려 애썼다.

아무래도 오늘 뜬 그녀의 모습을 다시 그려봐야 할 것 같아서다. 그 특정 그림이 그려지기까지의 밑 스케치까지 모두 말이다.

곧 차가 움직인다.
나는 눈을 감았다.
그녀의 음성을 그리기 위해, 시끌벅적한 소음을 빠져나간다.

・・・

　그녀의 시간이 얼마 남지 않았음을 알게 된 건 내가 호스피스를 그만두기 두 달 전의 일이었다. 그것은 직감이었다. 이미 알고 있음에도 언제 올지 모르는, 그래서 감으로 알 수밖에 없는 그런 사실이었다. 그녀의 병은 단순치 않았다. 기본적인 아픔과 죽음에 이르도록 하는 아픔이 달랐기 때문이었다. 그러나 그러면서도 아픔은 서로 연결되어 있었다.

　사구체신염, 그녀가 병원에 처음으로 들르게 된 건 그 때문이었다고 했다. 혈액 속 독소를 걸러주는 사구체에 이상이 생겨 서서히 신장이 망가져 갔다고 했다. 그러나 그것만으로 내가 봉사했던 병동에 오진 않았다.

　그녀의 사구체는 회복이 되지 않았고 만성적인 신부전증은 독소를 감당하기 버거운 지경에 이르렀다고 했다. 그래서 그녀는 혈액투석을 받아왔다. 종종 내가 근무할 때도 그녀의 팔에 꽂힌 튜브를 볼 수 있었다.

　어리석은 내 머리론 다 이해할 수 없지만, 그녀의 몸엔 투석이 유독 힘겨웠던 것 같다. 체내의 피를 밖으로 빼어 투석기로 독소를 빼고 다시 피를 넣는 인위적 투석은 몸이 스스로 피를 돌게 하는 것에 비해서는 부담이었던 건지도 모르겠다.

　호스피스에서 그녀의 고난은 혈압이 왔다 갔다, 했던 것이고,

곧 혈액 압력의 산발적인 편차는 그녀의 심장에 무리를 가했다. 나는 종종 그때 당시 그녀의 맥박이 너무 빨리 뛰어, 혹은 너무 느리게 뛰어 그녀가 기절을 했던 모습을 보았다.

기절을 했다, 다시 맥박이 돌아왔다, 또 기절을 했다, 정신이 들었다. 긴급한 상황을 볼 때면 너무도 두렵고 슬퍼졌다.

큰 스트레스를 받은 심장에 조그만 울혈이 번졌다. 울혈성 심부전은 피가 폐로 이르는, 수분과 피가 폐로 들어차는 폐부종으로까지 이어져 갔다. 그래서 그녀의 아픔은 신장이었지만, 심장이었다. 호스피스에서 봉사자로 일하던 나는, 또 그녀와 종종 시간을 함께하던 나는 그 사실을 모를 수 없었다. 그러나 사실 내겐 그녀가 아직은 시간이 더 있으리란 생각이 더 크게 자리 잡혀 있었다. 그럼에도 시간은 특정한 때를 향해 차곡하게 걸어갔다.

하지만 그런 와중에도 그녀는 희망을 잃지 않았다. 심장에 무리가 가 병상에서 몇 차례 의식을 잃었던 과정에도 다시 회복되었을 땐 그녀는 늘 기도를 했었다. 때로는 짧은 침묵 속에, 때로는 좀 긴 침묵 속에 그녀는 수시로 들어갔다.

그즘, 한번은 내가 그녀에게 조심스럽게 물어본 적이 있었다. 그녀가 막 침묵을 끝내고 나올 즘에 말이다. 아마도 그때 나는 뭘 하는 거예요, 하고 물어봤던 것 같다.

살짝 등이 올려져 있는 침대, 그녀는 상체를 비스듬하게 대고 누워 있고, 창은 햇볕을 통과해 주고 있었다. 한 차례 기절 후 돌아와 한 차례 침묵 후, 그녀는 내 물음에 이렇게 말을 남겼다.

"아까 전의 고통을 도움이 필요한 이들에게 도움이 되는 재료로 쓰이게 해달라고 기도했어."

그게 무슨 말일까, 그게 가능은 할까, 골똘히 생각해 봤지만 나는 이해할 수 없었다. 나는 그저 두렵고 슬픈 표정을 애써 숨기며 고개를 끄덕일 뿐이었다. 그런데 그녀가 또 한 번 힘겹게 말했다.

"그렇게 될 거야. 바람은 모든 곳에서 부니까."

내가 너무 어리석은 탓인지, 더 두렵고 슬픈 말로 다가왔었다.

잠시 차가 선다.

아니 실은 이미 앞선 정류장들에 몇 차례고 섰지만, 회상하느라 깨닫지 못했다.

내가 지금 유독 그것을 느끼는 건, 절반 정도의 승객들이 내렸기 때문이다.

버스 전광판을 보니 내가 내릴 정거장까지의 반 정도를 지나쳐 왔음을 알 수 있었다. 문득 먼저 버스에서 내린 사람들이 생각난다. 그들은 모두 빨리 집에 간 사람들이다. 조금쯤 나도 빨리 도착해 집에서 푹 쉬고픈 맘이 들지만 나는 아직 더 가야 한다. 그러나 빨리 간 사람이든, 늦게 간 사람이든 저마다의 가장 편한 집으로 간다는 건 변함이 없다. 그러니 조급함 없이, 창을 보며 좀 더 생각에 잠겨 있다 보면 어느새 내가 내릴 정거장에 도착해 있을 것이다.

이윽고 버스 문이 다 닫혔다. 새로 탄 사람들도 나름대로 자리를 잡았다.

차가 다시 구르고,

나는 차창을 바라봤다.

내가 호스피스를 그만두기 한 달 전, 내 생애 가장 파란만장한 사건이 겹쳐왔다. 하나는 그녀의 시간이 다 되어가고 있음을 체감하는 것이었고, 하나는 그것을 뒤집을 만한 놀라운 소식을 접한 것이었다.

그즈음, 병상에서 그녀의 고통은 하루가 멀다고 자주 찾아왔다. 점점 더 심해지는 고난의 압박에 그녀의 병상은 병실에서도 또 병동에서도 집중되어 있었다.

그러던 한 날, 들려온 뜻밖의 소식, 공공단체에서 추진하는 사회적 사업에 우리 병원이 선발되었단 소식이었다. 처음 그 공지를 들었을 때 나는 무관심했다. 아니 정확히는 다른 여느 소식에도 신경 쓸 여력이 없었다. 그러나 병원 복도 곳곳에 붙어있는 홍보 포스터에 한 번쯤 눈길을 안 주긴 어려웠다.

기증과 이식 운동. 사업 속에 들어있는 부문이었다. 혜택은 치료비를 면제해 주는 것까지였다. 이전까진 미처 생각지 못했던 생각이 그때 들었다. 어쩌면, 이성이 두려움과 슬픔에 끌려 했던 선택일지도 모르고, 어쩌면, 어쩌면 하는 기대를 두고픈 심정이 한 선택일지도 모르는 것이었다.

나는 그 사업에 신청서를 넣었다.

사업 소개를 받고, 설문에 응답하고, 신체검사를 받는 며칠은 꽤나 정신이 없었다. 그럼에도 그 시간이 길게 느껴졌다. 시간이 없었기 때문이었다. 그러나 곧 승인이 떨어졌고 나는 지정기증을 택했다. 지정자는 당연히 그녀였다. 그리고 얼마지 않아, 마침내 이식 적합 판정을 받았다.

당시 그 소식을 접하고 많이 기뻐했던 기억이 난다. 아직 앞을 모르지만, 나는 그 소식에 그녀와 커피를 마시는 상상을 했다. 또 그녀와 밖으로 나가 음식을 먹는 상상도, 나중엔 맥주 한두 캔을 함께 마시는 상상도 할 정도로 많이 기뻐하였다.

뜻밖의 놀라운 소식이 연달아 주는 일련의 과정은 너무나도 순조로웠다. 조금 현실감이 없을 정도로. 그러나 한 가지, 순탄한 과정에 약간의 제동이 걸리는 부분이 있었다. 당시 그 부분을 두고 담당의 선생님과의 수술 관련 상담 중 준엄한 대화를 했던 기억이 난다.

그날은 수술 날짜를 잡기 위한 최종 단계를 거치는 날이었다. 사업의 선발 병원의 해당 의사 선생님이 최종적으로 승인을 해주어야 수술이 가능했기에 나는 진료실에서 선생님과 수술 관련한 여러 얘기를 주고받았다.

깔끔한 진료실 안, 감색 책상 위에 인체모형과 알 수 없는 차트들이 띄워져 있는 모니터 앞에 조금은 냉철한 인상의 담당의 선생님이 앉아 계셨고, 나는 그 맞은편 의자에 마주 보고 앉아 있었다. 약간은 희끗한 머리칼에 체격이 크신 선생님은 내게 수술 관련 여러 과정을 얘기해 주시고 계셨다. 그러나 나는 그 얘기들이 잘 기억나지 않는다. 마음에 걸리는 한 부분이 머릿속에 온통 맴돌아 선생님의 말을 잘 듣지 못하였기 때문이다.

 이윽고 선생님께서 내게 보호자에 관해 물어오셨다. 나는 순간 말문이 막혔다. 부모님께 기증 신청 사실을 말하지 못했기 때문이었다. 실은 부모님께 말할 경황도, 자신도 없었다. 아무래도 기증이란 건 사안이 크기에 부모님께서 반대하실 수도 있으리란 생각이 잡혀 있어서였다. 당장 그녀의 시간이 긴박한 데다, 부모님을 설득마저 할 시간은 더 없게 여겨졌다. 그러나 이미 승인 절차는 났다. 나는 내 사정을 선생님께 말했다. 그러자, 선생님께서 말씀하셨다.

 "너 혼자 수술을 감수하겠다고?"

 "네."

 그러자, 선생님께서 또 말씀하셨다.

 "그건 안 된다. 엄연히 병원 규정이란 게 있어. 사정은 딱하지만 지금이라도 다시 생각해 보려무나."

 "전문 간병인을 쓰면 되지 않을까요…? 마침 제가 호스피스에서 일하기도 하고…, 동료분에게 부탁을 드려볼까 합니다. 수술 동의는…, 본인인 제가 설명을 들었잖아요….”

그때 선생님께서 잠시 의자를 돌리시고 창을 보셨다. 그리곤 다시 나를 보며 말씀하셨다. 그때 선생님은 어르시듯 나를 보셨다.

“난 의료법을 중시하는 의사로서 말하는 거란다. 너는 선택을 할 수 있고, 네가 정 그 선택을 하겠다면 내가 네 손을 틀어쥐고 말릴 순 없겠지. 하지만 보호자를 대동하는 덴 다 이유가 있는 법이란다. 최소한 대화는 해보아야지, 부모님과.”

“괜찮아요.”

그러자 선생님께시 서랍에서 무언가를 꺼내 드시며 말씀하셨다.

“젊은이, 이 수술 동의서가 그저 종이 쪼가리라고 생각하면 큰 오산이란다. 여기에 서명하면 나머지는 스스로 책임을 져야만 해. 누구도 도와줄 수 없이 본인이 감당해야 한다고.”

그때의 선생님은 조금 무서워 보이기까지 했다. 마치 한 움큼의 오차도 없을 것 같은 눈빛과 눈매였다. 그러나 나는 당시 다른 것을 생각해 볼 수 없었다. 사실 그때는 모든 게 시끌벅적함이었기 때문이었다. 조용한 병실에서도, 진료실에서도 마음이 부산스럽고 주의가 산만했다. 그러면서도 희한하게 안팎이 조용하기도 했다. 혼란스럽던 나는 결국 그녀의 아픔만 골몰히 생각했고 그 외의 것은 남겨두기로 했다.

그리고 수술 동의서에 서명을 했고 곧 수술이 잡혔다. 시간이 없어 수술 일자가 빠르게 앞당겨졌고, 선발 병원인 해당 병원의 같은 구역 내에서 수술이 이뤄지게 되었다.

이윽고 수술 날, 곧 내가 호스피스를 그만두기 삼 일 전에 비로소 그녀와 나는 수술대에 누우러 가게 되었다. 당시 침상에 누워 수술 대기실까지 가던 길이 생각난다.

수술시간이 다가오자 간호사분들이 그녀와 나의 침상을 잡고 수술 대기실까지 이동시켰다. 그렇게 수술 대기실까지 가는 동안 여러 형광등을 거쳐 갔고, 나는 그녀 뒤로 따라가는 침상 위에서, 높다랗고 하얀 천등 위에 앞으로의 기대로 부푼 생각들을 그려 넣었다.

내 신장이 그녀에게로 가고 그렇게 그녀의 몸이 서서히 회복되면, 차차 심장질환도 나을 것이고, 그럼 저 밖의 사소하고 소박한 생활을 함께 누릴 수 있지 않을까, 하는 그런 기대들이었다.

이윽고 그런 기분 좋은 생각에 젖어 도착한 수술 대기실에서, 우리는 잠시 멈춰 섰다. 간호사분 한 명이 문을 열자 의사 선생님 네 분이 녹색의 수술 복장으로 서 계신 게 보였다. 그곳은 환자와 의료진만 출입 가능한 대기실이었다.

간호사분들이 침상을 마지막 대기실로 밀어 넣었다. 우리는 그 안으로 들어갔다. 이제 수술까지의 마지막이 임박했던 때였다. 그때 나는 약간 두려움과 긴장감을 느꼈다. 비로소 의사 선생님들과 간호사분들의 수술 복장이 체감되었다. 긴장을 완화해 보려고 고개를 빼꼼 들어 대기실을 이리저리 둘러봤는데, 때마침 내가 고개를 뒤로 젖혀, 열려 있는 대기실 문 쪽을 봤을 때 나는 문 앞에서 기다리시는 그녀의 어머님을 볼 수 있었다.

어머님은 대기실 문 앞에 서서 울고 계셨다. 들어올 수 없기에 발이 멈춰져 있지만 정말 문이 여닫히는 경계의 코끝까지 다가서 계셨다. 마치 당장에라도 달려오실 것처럼.

나는 그때 어머님의 감정과 생각이, 마음이 어떠했을지 단연 가늠할 수 없다. 내가 기억하는 짧은 순간 보았던 어머님의 눈물 속엔 어딘지 슬픔이 가득하고 애절함이 꾹꾹 차 보였단 것뿐이다.

나는 고개를 돌려 그녀에게 말했다. 아직 대기실이기에 우리의 침상은 같은 공간에 있었다. 비록 그 안에서의 수술실은 또 다른 실내였지만.

"어머님께서 슬퍼 보여요. 아무래도 누나가 걱정돼서 그런가 봐요. 어쨌든 당신 따님이 수술을 하는 거고, 그건 걱정스러우신 게 당연하니까요."

그러나 그녀는 대답 대신 두 눈을 감고 꽤 긴 침묵 속에 머물렀다. 그때 그녀의 손엔 묵주가 쥐어져 있었다. 이윽고 그녀가 눈을 떴을 때 나는 그녀에게 무슨 기도를 했느냐고 물어보았다. 그러자 그녀가 정성 어린 목소리로 말했다. 그녀는 천장을 보고 있었고, 말을 하는 도중 잠시 내 쪽으로 시선을 돌렸다가 말을 끝마칠

즘 다시 창백한 형광을 올려다봤다.

"감사기도를 드렸어. 나는…. 이때까지의 하루하루가 다 기적이었거든. 그리고 오늘 내 마지막 소망이 이뤄지길 희망하며 기도했어."

'누나, 당신의 소망이 뭔데요?'

그렇게 물으려고 속으로 준비 중이었는데, 수술 집도의 선생님께서 그녀가 들어갈 수술실에서 나오셨다. 그 선생님은 내가 상담했던 그 담당의 선생님이셨다. 선생님이 걸어오시자 다른 선생님들과 간호사분들이 옆으로 비켜서셨다.

나는 잠시 숨을 죽였다. 긴장이 됐다.

선생님께서 우리 침상을 건너시더니 잠시 수술 마스크를 벗으셨다. 그리고 문 앞에서 묵례하셨다, 어머님께. 정중한 그런 묵례였다.

그리고 선생님께서 마침내 돌아서셨다. 곧 문이 닫혔다. 어머님의 붉은 눈시울에서 눈물이 떨어지는 모습을 나는 순간 포착했다. 선생님들이 먼저 그녀와 나의 수술실에 들어갔고, 나는 재빨리 그녀에게 속에 준비해 놓은 질문을 던졌다.

그러자 그녀가 고개를 정면으로 세운 채로, 두 눈을 감고, 아주 천천히 그리고 힘겹게 자신의 기도를 말해주기 시작했다.

"좀 더…, 더욱…, ……."

기억이 잘 나질 않는다. 어렴풋하게 날 뿐이다.

그녀의 마지막 얼굴도, 목소리도.

내가 잘 기억하는 그녀의 마지막은 그녀의 말이 끝나기 무섭게 간호사분들이 그녀와 내 침상을 각각 다른 수술실로 미셨단 것이고, 내가 수술실 안에서 마취에 들기까지 불안한 마음의 상태로 있었단 것뿐이다.

딩동, 버스 차임벨 소리가 크게 울린다.

꽤 큰 차임소리에 정신이 깨어진다.

이제 집에 갈 때다. 전광판에 내가 내릴 정류장이 이번 정류장으로 있기 때문이다. 비록 내가 벨을 누른 것은 아니지만 말이다.

버스 하차 문 앞으로 두어 명의 사람들이 내릴 준비를 하고 서 있다. 나도 이만 몸을 돌려 문 앞으로 갔다. 아직은 버스가 움직이고 있기에 하차 문의 널따란 차창 너머로 줄줄이 스쳐 가는 인도 위 나무들이 보인다.

문득 선혜와 만남이 있던 그 나무가 생각났다. 그 나무의 이름이 무엇일까, 궁금하다. 은은하면서도 무르익은 연둣빛 잎들이 나무에 붙은 채 모두 함께 바람에 춤을 추고 있었는데, 햇빛을 받고 있던 그 나무는 무언가 신비로운 빛을 발하고 있는 것 같았다.

이윽고 버스가 천천히 선다. 곧 문이 열리고 내 앞의 사람들이 하나둘 내리기 시작했다. 나도 곧 내렸다.

정거장에 내려 걸어가야 할 길을 바라보니 역시 인도 위에 틈

틈이 세워져 있는 나무들이 보였다. 낮의 햇살을 만끽하는 나무들은 편안함을 선사하고 있었다. 나는 나무들과 함께 걷기 시작했다. 한 그루 한 그루를 이으면서, 그녀의 마지막 말을 다시금 떠올려 보았다. 그녀가 무슨 말을 했던 걸까, 좀 더라는 말 뒤로, 더욱이라는 말 너머로, 또 그다음으로 그녀는 무엇을 말했던 걸까, 그러나 여러 그루들을 천천히 연결해 오기까지, 그녀의 마지막 말은 좀처럼 생각나지가 않았다.

계속해서 기억을 되살리려 애쓰다 보니 어느새 집 가는 골목길에 이르렀다. 나는 기억나는 짧은 몇 마디를 맘속에 꼭 붙잡은 채 걸음을 이어갔다.

골목을 다 걸어 이윽고 집이 보인다. 나는 좀처럼 떠올리려 했던 마음의 노력을 풀어헤치고 편안한 마음으로 집에 들어가려 했다.

그런데 그 순간, 갑자기 발끝으로부터 조그만 불안이 슬금슬금 기어오르는 느낌이 들었다. 당황스러웠다. 급기야 나는 또다시 내 머리 안에 드문드문 특정 낱말이 뜨리란 생각에 불안해지기 시작했다. 곧 걱정은 타오는 불안을 더욱 빨리 앞당겼다.

이윽고 불안이 목덜미로 타오르고, 머릿속에선 무언가가 둔탁하게 나를 때렸다. 그러나 나는 그 신호를 무시하고자 최대한 무반응으로 일관하며 빌라 공동현관을 열었다. 그리고 허겁지겁 달리고픈 마음에 일부러 반하듯, 차분한 달림으로써 층계를 올랐다. 층계를 거의 다 올라 현관문이 보일 즘엔 등에 약간의 식은 땀이 맺힌 것 같았다.

  이윽고 나는 빠르게 현관문을 열었다. 아무래도 한시바삐 노트를 펼쳐야 될 것 같기 때문이다.

  딱히 슬프지도 두렵지도 않은 것 같은데 가슴 한쪽에선 불안이 피어난다. 마치 머리와 가슴이 따로 노는 것 같은 기분이다. 머리는 모른다, 하지만 마음은 자신의 소리를 무시 말아 달라고 불안으로 속삭이는 것 같다.

  집에 거의 도달해, 무의미, 라는 단어가 매섭게 뛰어왔다. 왜 그런 단어가 떠오르게 됐는지 모르겠다.

  어쩌면 생각과 여김이 모르는 것을 가슴은 느끼고 알고 있기에 말하고 있는 건지도 모르겠다. 꿈과 희망이 있었는데, 그게 물거품이 되어 슬프고 겁이 난다고. 무의미, 라는 게 두렵다고 말이다.

  혹여 내가 마음의 소리를 모른 채 지나치거나 억누르려 드는 것은 아닐까, 겁이 난다. 바라보게 되면 너무 아파올까, 싶어서 말이다.

노트에 펜이 가는 대로 쓴 글이 끝날 즘 불안도 끝나갔다. 하지만 혹여 해갈 못 한 찝찝함이 남아 있진 않은지, 나는 나 자신을 성찰해 보았다. 잠시 의자에 등을 기대고 앉은 채 몇 분을 가만있자, 그저 잠이 몰려오기만 할 뿐이었다.

그래서 나는 노트를 덮을 수 있었다. 이윽고 나는 씻기 위해 욕실로 갔다. 양치와 세안을 한 후 방으로 다시 들어왔는데, 들어오는 참에 마주 보이는 발코니 창을 바라보았다. 창밖에 햇살이 내리고 있다. 화창한 창밖 색채에 발코니 안도 밝다. 그리고 햇살이 편안하게 늘어진 곳에 보이는 발코니 테이블 위의 읽다 만 소설책 세 권이 보였다. 문득 오늘 아침에 집에서 이제 막 나가려 했던 때가 생각났다. 그리고 자연히 다시 선혜 생각이 들었다.

아니 정확히는, 그녀와 오늘 오전, 오후 중으로 보냈던 시간들 모두가 집약적으로 떠오른 것이었다. 그녀와 함께 커피를 마셨던 시간, 함께 식사를 했던 시간, 함께 맥주 한두 잔 마셨던 시간이 떠올랐다. 그리고 뒤이어, 오늘 그녀에게서 '그녀'의 얼굴이 드문드문 차오르고 연상됐던 때가 기억났다. 왠지 모르게, '그녀'가 함께하고 있는 것만 같은 생각이 들었다. 이상했다. 하지만 신기하게도 그런 생각에 편안한 기분이 들었다.

나는 발코니 의자에 가 앉았다. 그리고 테이블에 놓인 읽다 만 소설책 세 권 중 한 권을 아무것이나 집어 읽기 시작했다.

9

 선혜와 시내에서 만남을 가진 지 일주일이 흘렀다. 그간 나는 차를 몰고 여러 곳을 여행하고 다녔다. 산이 있는 곳이나 바다가 있는 곳으로 갔는데, 간 곳마다 꽤 괜찮은 휴식을 누릴 수 있었다.
 그러나 매일을 돌아다니진 않았다. 여행을 한 날을 전후로 하루 혹은 이틀씩은 집에 머물렀다. 여행을 하지 않은 날에는 집에서 독서를 하며 시간을 보냈다.
 돌이켜보면 지난 한 주간은 지루할 틈 없이 흘러간 것 같다. 눈앞의 자연을 체험하며 환기의 시간을 가졌고, 선혜에 대해서도 간간이 생각을 하게 된 시간이었다. 여행 중에도 나는 그녀와 틈틈이 연락은 주고받았다. 잠시 경관을 구경하는 데 집중할 땐 그것을 열심히 하고, 다시 그녀와 톡을 주고받으면서 말이다. 그래서 홀로 간 여행이었지만 가끔 찾아올 법한 지루함이나 외로움은 없었던 것 같다. 그리고 오히려 이 한 주를 보내며 이따금 선혜와의 관계에 대해 좀 더 깊게 생각해 보게 됐다.

선혜와 나눈 대화는 사소한 잡담들이 대부분이었다. 그러다 약속을 잡기 위한 얘기가 나오기도 했다. 사흘 전이었다. 한 번은 선혜가 내게 톡으로 이런 말을 한 적이 있었다. '언제 한번 하이킹 갈래?' 물론 내가 그날 산으로 여행을 가 있기에 그런 대화가 나온 것 같다. 나는 그녀에게 한창 내가 보고 있는 산맥의 아름다움과 웅장함에 대해 설명하고 있었다. 우뚝 솟은 산들이 꼭 어깨동무를 하고 서로를 지탱해 주는 것 같다며, 그 아름다움에 관해 알려주던 중이었다. 그리고 사소한 톡 몇 개가 더 내려오다 그런 말이 그녀에게서 나온 것이었다.

처음에 나는, 선혜가 당시 내가 보고 있는 산처럼 약간은 높이가 있는 산을 오르자고 하는 줄로 알았다. 그런데 그녀는 그런 산은 너무 먼 것 같다며 가까이에 있는 산을 가자고 해왔다. 그래서 우리는 주택가 근처에 함께 있는 산에 오르기로 했다. 하이킹이라기엔 비교적 오르기 쉽고, 집에서 가까운 산이다. 사흘 전에 잡은 그 약속 당일은 오늘이다.

나는 지금 동네 옆 수도산에 가는 길에 있는 카페로 가고 있다. 선혜와 점심을 먹고 오후 한 시까지 그곳에서 만나기로 했다. 적당한 접견지로 알맞고, 또 산행을 하면서 입가심으로 마실 커피를 위해 보틀도 챙겨오기로 했다.

잠시 걷자 약속된 카페가 나왔다. 카페의 큰 유리창 표면에 검은색 트레이닝 바지에 카키색 바람막이를 걸친 내가 보였다. 그리고 그 너머, 유리 쪽으로 등을 보이고 앉아 있는 여자가 보였다. 한눈에 봐도 선혜 같았다. 나는 문을 열고 들었다.

짤랑, 하고 문 위에 달린 종소리가 울리면서, 연한 감색 나무 의자에 앉아 있던 선혜가 이쪽을 바라봤다. 그녀는 하늘색 팔이 긴 크롭 티에 검은색 트레이닝 바지 차림이었다.

"뭐 하고 있어?"

내가 선혜를 보면서 물었다. 그러자 그녀가 말했다.

"한 일이 분 전에 막 도착했어." 그러고서 이어 말했다. "먼저 시키고 잠깐 앉아 있었지. 사장님께 말씀드리고."

테이블 위 그녀의 보틀에 차가운 커피가 담긴 것이 보였다. 잠시만, 하고 말하고서 나도 차가운 커피를 주문했다. 이윽고 음료가 나왔다. 선혜가 자리에서 일어났다. 우리는 카페를 나왔다.

산 쪽으로 가기 위해 대로변에서 좁은 골목으로 우리는 걸음을 옮겼다. 한두 모금씩 커피를 마시면서 말이다. 잠시 후 골목으로 들어가는 어귀가 눈앞에 보일 즘 선혜가 내게 물었다.

"등산 많이 해봤어?"

내가 말했다.

"음, 사람마다 다르겠지, 많고 적고는. 근데 보통을 기준으론 그리 적다고는 생각 안 해."

"이름에 산이 있어서?"

나는 작게 웃어넘겼다. 살짝 농담조가 있는 질문이었기 때문이다. 이윽고 내가 선혜에게 물었다. 등산 많이 해봤느냐고 말이다.

아니, 라고 하면서 그녀는 말했다. "없진 않지만, 딱히 없어. 내 취미가 안 맞기도 했고 해서."

"그런데 왜, 지금은?"

"그냥 운동도 할 겸…, 건강해질 겸."

나는 고개를 끄덕였다. 그리고 말했다.

"우리가 지금 가고 있는 수도산은 비교적 완만한 산이야. 산행이란 말이 좀 더 어울릴걸?"

그러자 선혜는 음, 하며 입으로 작게 무어라 중얼거렸다. 그녀의 입술에서 수도산, 수산, 비슷한 이름이네, 라는 나지막한 소리가 들렸다. 나는 고개를 갸우뚱했다. 농담조 같은데 무언가 미묘했다. 이윽고 골목 어귀를 돌자, 바로 앞에 세워져 있는 편의점이 보였다. 더 안으로 들어가면 편의점이 없다. 나는 그곳을 손가락으로 가리키며 말했다.

"생수 한 병 사 오자. 커피 다 마시면 마시게."

그러고서 우리는 잠시 편의점에 들렀다. 기본 생수병보다 조금 더 큰 생수 한 병을 골라 계산대에 올렸다. 계산을 하고, 나는 보틀을 들고 있지 않은 손으로 생수병을 쥐었다. 다친 손이었다. 선혜가 언뜻 그 손등을 보는 것 같아, 내가 말했다. 멍 많이 줄었다고 말이다.

곧 편의점을 나온 우리는 계속해서 산을 향해 걸어갔다. 조금 있자, 산 인근의 공원이 나왔고 그때쯤 우리 커피는 절반가량 남아 있었다.

공원 안으로 육상 트랙과 풋살장이 보였다. 몇몇 아이들이 인조잔디를 가로질러 달리며 공을 차는 것이 보였다. 운동장 너머로 자연잔디가 나 있고 나무들 앞에 바위가 앉아 있었다. 공원 둘레를 푸른 나무들이 감싸고 있다. 공원 위쪽으로 수도산이 보였다. 우리는 공원 안을 구경하며 둘레를 타고 반원을 그리며 쭉 걸어갔다. 그리고 산으로 향하는 쪽의 공원 계단을 올랐다. 곧 공원의 꼭대기를 넘어가자 산 입구가 보였다. 좁은 산 입구였다. 약간 샛길 같은 느낌의 그곳이었다. 내 기억으론, 산 자체는 완만한 편이지만 등산의 여러 경로 중에서는 덜 완만한 경로였던 것으로 기억난다.

선혜는 좁은 산 입구를 보더니 커피를 몇 모금 마시며 목을 축였다. 그리고 그녀가 먼저 입산했다. 산 안은 고요하고 잔잔했다. 들리는 건 사박거리는 나뭇잎 밟는 소리고, 주변 가득 보이는 건 그늘을 내려주거나 햇살이 미끄럼을 타 내리는 나무들이었다. 우리는 그 사이를 걷고 있었다.

선혜는 아무 말 없이 느린 속도로 산을 걸었다. 내가 선혜에게 물었다.

"길 알아?"

그러자 선혜가 말했다. 그녀의 고개는 앞과 땅의 가운데쯤을 향해 있는 듯했다.

"길 난 데가 길이겠지 뭐."

"하긴 길은 이미 나 있으니까." 내가 답했다.

그러고서 우리는 잠깐 산을 타는 데 집중했다. 산길은 산의 둘레를 두르듯 옆으로 나 있어 오르기 쉬웠다. 산을 오르는 느낌보단 산길을 걷는 느낌에 가까운 등산이었다. 나는 이따금 나무에 앉아 지저귀는 산새들의 노랫소리에 귀를 기울였다. 커피를 조금씩 마시면서. 얼마 가지 않아 약간은 경사와 굽이가 있는 길이 나왔다.

한 걸음씩 찬찬히 내디디며 가는데, 산 바닥의 돌과 흙을 힘을 주어 밟고 올라가는 선혜의 뒷모습이 보였다. 경사가 좀 있긴 했지만 산로 때문이 아닌 것 같았다. 그녀는, 무언가에 열중해 있는 것 같았다. 그때 나는 문득, 느낌은 다르지만 침묵에 들어간 '그녀'가 생각났다. 선혜도 지금 자신만의 침묵 속에 있을까, 궁금했다. 그런데 갑자기 그녀의 발에서 걸음 속도가 빨라질 기미가 느껴졌다. 약간 가팔라진 그녀의 숨소리가 들려오기도 했다. 그러나 곧 경사로를 다 올랐다.

눈앞에 벤치가 있었지만 우리는 정상을 향해 바로 올라갔다. 이제 산 정상에의 마지막 구간이었다. 선혜도 커피를 마시며 걸어갔다. 산바람이 나무들의 머리칼을 헤치며 내려왔다. 시원했다.

　굽이진 흙 너머로 또 다른 굽이진 흙이 보이지 않자, 선혜는 나를 보며, 다 왔다, 하고 외쳤다. 선혜의 얼굴에서 미소한 웃음꽃이 피어나는 듯해 보였다.

　기분이 좋기는 나도 마찬가지였다. 정상에 발이 닿자 주변으로 꽃들이 눈에 들었다. 얼굴을 내밀고 있는 각색의 꽃들이 예쁘고 아름다웠다. 우리는 산 정상에 난 둘레를 따라 천천히 걸어봤다. 먼저 온 등산객들 몇 분이 벤치에 앉아서 쉬거나 똑같이 거닐고 있는 모습들이 보였다. 각자 나름대로 산을 즐기고 있는 것 같았다. 바람이 불어왔는데, 징상의 바람은 모든 면에서 사위 가득 불어왔다. 정상에서 바라본 자연경관은 평온했다.

　천천히 원을 그리듯 둘레를 걸었다. 시원하고 부드러운 바람이 꾸준히 불어와서인지, 걸음이 신선하게 느껴졌다. 선혜는 여전히 작은 미소를 지은 채였다.

　산내를 맡으며 걷다 보니 어느새 우리가 올라온 정상의 반대편 끝에 다다라 있었다. 그곳엔 작은 풀잎들이 많이 나 있었다. 녹음이 우거진 나무들 속에 풀잎들과 꽃들이 나 있고, 그 둘레로 벤치 여러 개가 있었다.

　"저기서 잠시 앉았다 가자."

　선혜가 들고 있던 보틀로 벤치 하나를 가리키며 말했다.

　나는 좋다고 했다.

우리는 벤치에 엉덩이를 대고 앉았다. 우리가 있는 곳엔 사람들이 없었다.

목이 타서 생수를 마시려다 옆의 선혜가 생각나 그녀에게 물었다.

"다 마셨어?"

그러자 선혜가 자기 보틀을 흔들어 보였다.

"얼음만 좀 있네."

나는 그녀의 보틀에 생수통을 갖다 댔다. 그녀에게 반 가까이 따라주고서, 나도 물을 조금 따라 마셨다. 선혜는 아직 마시진 않았다. 그녀는 발밑의 흙과 돌을 툭툭 치며 발장난을 치고 있었다. 그것을 보다가, 문득 경사진 오르막을 오르던 때의 선혜의 모습이 생각나서 그녀에게 물었다.

"혹시 이전에 무슨 생각 중이었어?"

"이전에? 언제?"

"그, 정상 오르기 전의 오르막 때. 뭔가 깊이 생각 중인 것 같았거든."

그녀는 물을 조금 마셨다. 그리고 두 손을 등 뒤로 짚으며 상체를 살짝 뒤로 젖혔다. 발목을 접었다 펴며 그녀는 말했다.

"그냥 뭐 이것저것…. 옛날 생각 좀 했어. 옛날이라기엔 좀 가까운 과거긴 하지만."

"과거라면?"

"응, 뭐 이것저것 생각하다, 잠시 그때 생각을 들여다보게 된 거지."

나는 문득 선혜와 식사 자리에서 들었던 그녀의 아픈 얘기가 생각났다. 어쩐지 그 오르막에서 선혜가 약간 힘에 부쳐 보였다.

그때, 하고 운을 떼며 나는 조심스럽게 물었다.

"많이 상처였나 봐…?"

선혜는 다시 물을 마셨다. 보틀의 뚜껑을 두 손으로 돌리며 그녀는 말했다.

"그야 뭐, 날 이용만 했으니까. 처음부터 걔랑 꼬이질 말았어야 했는데."

사라락, 하고 니뭇잎 흔들리는 소리가 났다. 소리가 들려온 곳을 따라 시선을 옮겨보니 청설모가 있었다. 나는 다시 그녀에게로 고개를 돌렸다. 살짝 어색하게 웃으며 말했다.

"왜…, 사람들이 그런 느낌의 말들 가끔 하잖아, 더 다치기 전에 지금이라도 나와서 다행이라고."

이윽고 선혜가 나를 살짝 빤히 보더니 하늘을 올려다봤다. 그리고 말했다.

"그래. 근데 넌 힘든 적 없었어?"

"나? 나도 당연히 있지."

선혜가 다시 나를 바라봤다. 약간 궁금해 하는 눈빛이었다. 그녀가 물었다.

"언젠데?"

나는 생수를 몇 모금 마시곤 말했다.

"음…, 되게 신뢰 가고 안정감 있는 사람이 있었거든. 정신적으로 마음으로 되게 의지할 수 있는 사람이었어. 근데 상황이 안 좋게 된 거지. 사실 어려울 줄을 가슴 깊숙한 데선 느끼고 있었지만."

선혜의 눈이 좀 더 휘둥그레졌다. 나는 멋쩍게 웃으며 말했다.

"얘기가 좀 길어질 텐데."

"괜찮아, 해봐." 선혜가 말했다.

나는 생수를 좀 더 마셨다. 속이 시원해지며 차분히 가라앉는다. 이윽고 나는 속에 있는 '그녀'와 관련된 얘기를 천천히 길어 올리기 시작했다. 굵직한 얘기들을 말하는 도중 몇 차례 산바람이 불어오고, 햇살의 사선이 조금씩 옮겨갔지만 시간이 많이 흐른 줄은 느끼지 못했다. 선혜는 귀를 세우고 듣는듯했다. 이윽고 내 말이 막바지에 다다를 즈음이었다. 나는 가장 최근에 있던 검사 날을 얘기하는 중이었다.

"이젠 마지막에 다다랐다고 여겼었어, 그 병원이랑은. 더는 검사받으러 갈 수도 없을 테니까. 이대로 그냥 주차장으로 오르면 끝이겠구나, 그런 생각도 했던 것 같아. 근데 그때 어디서 희한한 소리가 들려온 거지. 그날이 너 처음 본 날이야."

선혜는 나를 말똥말똥 쳐다봤다. 무슨 생각을 하고 있는지 감이 잡히진 않았지만 적어도 나쁜 쪽은 아닌듯했다. 나는 이어서 말했다.

"운명 같은 우연이야. 여하튼 기가 막히지?" 그러고서 머쓱한 표정으로 웃었다.

선혜는 입술을 작게 오물거렸다. 그리고 눈을 몇 차례 움트듯 깜빡이며 어딘가로 시선을 내리는 것이었다. 나는 선혜의 눈을 따라 고개를 내렸다. 그녀는 내 손등을 보고 있었다. 그녀가 말했다.

"그때 좀 아팠지?"

"에이, 솔직히 하나도 안 아팠다고 하면 너무 거짓말이지."라고 하면서 나는 덧붙였다. "근데 네 얘기가 더 궁금했어, 손 다친 거보단."

나는 눈만 돌려서 선혜를 바라봤다. 그녀는 두 팔로 무릎을 포개고 앞을 보고 있었다. 사뭇 편안한 얼굴이다.

어느덧 햇살은 우리의 발밑까지 내려와 있었다. 푸른 그늘 속에 환함이 굉장히 반가웠다. 선혜도 비슷하게 느꼈던지 기분 좋다, 라는 말을 했다.

우리는 벤치에서 조금만 더 시원함을 즐겼다. 그러다 폰이 찍어주는 시간이 네 시를 넘길 즈음, 우리는 슬슬 자리에서 일어나기로 했다. 우리는 팔다리 스트레칭을 해주고, 마지막으로 불어오는 산바람을 맞곤 다시 산길을 따라 내려갔다.

내려가는 길 역시 어렵지 않았다. 경사진 몇 부분만 조금 신경을 써서 내리니 금방 산을 내릴 수 있었다. 잡담을 나누며 가다 보니 곧 하산했다.

공원을 나와 대로변에 들어서자 곧바로 버스 정류장 하나가 보였다. 우리는 그곳에서 헤어지기로 했다. 정거장 유리판 안, 옆으로 길게 늘어진 의자 한쪽에 선혜는 자리를 잡고 앉았다. 그녀가 조금 옆으로 자리를 옮기며, 이동한 자리를 손바닥으로 툭툭 쳤다. 나는 손짓을 알아듣곤 그녀 옆에 자리했다. 전광판 위엔 선혜가 탈 버스가 오 분 후 올 예정으로 찍혀 있다.

간간이 번들번들한 피부를 입은 차들이 느리게 지나갔다. 차량의 표면에 나란히 앉은 선혜와 내 모습이 야트막하게 비쳤다.

문득 '그녀'가 생각났다. 이유는 나도 잘 모르겠다. 잠깐 눈을 편히 감고 고개를 쳐들었다. 휘이, 휘이, 움직임이 느껴지는 공기의 흐름을 얼굴 결로 몇 번 느끼다 눈을 떴다. 전봇대가 보였는데, 그 위로 산새 두 마리가 날아가고 있었다. 머리의 방향을 보니 산으로 가는듯하다.

나는 새들을 보며 얼떨결에 고개를 끄덕끄덕 움직였다. 그러자 마음속에 퍼지는 흡족함이 나긋하게 나를 감싸안았다.

"뭐 해?" 하고 선혜가 물었다. 그녀는 고개를 끄덕거리는 내 모습이 의아하단 표정이었다.

"아, 새들이 보였거든. 지금은 잘 안 보일 거야. 이미 멀리 가서." 그리고 나는 말했다. "그보다, 우리 산에 놀러 오기도 했네."

그녀도 고개를 끄덕거렸다. 천천한 끄덕거림 속에 뭔가 진득한 생각이 있는 것 같은데, 어려운 표정은 아니다.

이윽고 저 앞으로부터 버스가 다가왔다. 내가 버스 왔다고 말하자, 선혜는 버스가 오는 쪽을 바라보더니 자리에서 일어났다. 나도 일어났다. 곧 천천히 선 버스를 향해 선혜가 다가갈 때 나도 버스를 타려고 다가갔다. 그러자 선혜가 나를 돌아보며 동그란 눈으로 쳐다봤다. 나는 말했다.

"가는 길까지만 타고 가려고." 그러고서 나는 웃으며 말했다. "등산하고 나서인지, 집에 걸어갈 자신이 없네. 두어 정거장만 더 가면 되지만, 타고 가는 게 훨씬 빠르니까. 가는 데까진 같이 가자."

선혜는 미소 지으며 고개를 끄덕였다.

버스 뒤편에 2인용 좌석이 보였다. 우리는 그곳에 나란히 앉았다. 먼저 내려야 할 내가 바깥쪽에 앉았다. 버스는 도로를 타고 쭉 정진했다. 잠시 창밖을 보고 있으니 곧 내 집 근처의 정류장에 다다라 있었다. 나는 자리에서 일어나며 말했다.

"또 봐."

"응, 오늘 즐거웠어."라고 하면서 선혜는 손을 흔들었다.

버스에서 내린 나는 정류장에 서서 다시 쭉 걸어가는 버스의 구보를 잠깐 바라봤다. 이윽고 버스가 멀리 갈 때쯤 나도 걸음을 옮겼다.

나는 횡단보도를 건넜다.

집으로 가는 마지막 남은 도로다.

10

 등산을 한 날로부터 며칠이 지났다. 이른 아침에 잠에서 깬 나는 어김없이 창밖을 바라봤다. 조금은 칙칙한 하늘이 떠 있다. 하지만 해가 난다. 아직은 해가 밝을 시간이 다 되지 않아, 어두운 색이 같이 있긴 하지만 말이다.
 부모님께선 아침 일찍 출근을 하셨다. 일찍부터 중요한 작업이 있으신 것 같다. 나는 부엌으로 갔다. 식탁 위 접시에 갓 구운 햄구이토스트가 있다. 어머니께서 바쁘신 와중에 만들어 놓고 가신 것이었다. 나는 토스트를 들었다.
 맛 좋은 토스트를 다 먹은 후 나는 욕실로 들어가 샤워를 했다. 따뜻한 물 아래서 남아 있는 잠결을 씻겨낸 후 개운함을 입고 나왔다. 하루의 시작이 좋다. 문득, 이 흐름을 타고 하루를 다 채우면 좋겠단 생각이 든다.

  샤워를 하고서 나는 산책을 가기 위해 옷을 여며 입었다. 창밖을 보니, 하늘이 살짝 서슬 퍼런 게 보기에도 추워 보였다. 나는 조금 두께가 있는 재킷을 입고 현관문을 열었다.

  이윽고 거리로 나서자, 한적함이 보였다. 하지만 조금 있으면 활기참이 보일 거란 걸 안다. 동틀 무렵 산책의 장점은 바로 그것일 거다. 날이 밝는 과정을 걸을 수 있다는 것. 달리 말해, 다가오는 아침을 마중할 수 있다는 것.

  나는 계속해서 동네를 걸었다. 잠시 걷는 사이 곳곳에 서 있는 가로등 등이 하나둘 꺼지기 시작했다. 추위는 여전하고, 거리의 꺼진 불빛 때문에 거리가 잠깐 더 까매진 기분이었다. 주변으로 보이는 주차장 속의 색깔과 별반 다르지 않아 약간은 무서운 감정이 들기도 했다. 하지만 계속 거리를 걸었다. 잠깐 춥고 어둡지만 일출을 볼 수 있으니.

  그렇게 좀 더 걸음을 잇는데, 곧 편의점 한 곳이 보였다. 마침 목이 마르던 참이라 나는 물 한 병을 사려고 편의점으로 들어갔다. 음료 냉장고에서 생수 한 병을 골라 계산을 하고 마시는데, 투명 문 너머로 어느새 하늘에 빨간 노을이 물든 것이 보였다. 조금 기대감이 든 나는 생수를 들고 거리로 나와 걷기 시작했다. 떠오르는 태양의 얼굴을 투명한 유리문 안에서가 아니라 직접 보고 싶어서였다. 그러고서 완전히 해가 났을 때 다시 시원한 물 한 모금 마시면 기분이 좋을 것 같았다.

  나는 걸어가면서 듬성듬성 하늘을 올려다봤다. 뜬구름들이 점점 밝게 빛난다. 그러다 곧 매우 아름다운 해가 드러났다. 나는 잠깐 제자리에 서서 하늘을 가만히 바라봤다. 보면 볼수록 묘한 감정이 소스라치는 듯했다. 하늘이 붉다가 밝게 파래지기 때문이다.

  이윽고 나는 감상을 마치고 집에 가는 걸음을 옮겼다. 거리에 한 명, 두 명, 사람들이 보인다. 나는 생수를 조금 마셨다. 물이 달다.

  곧 집으로 돌아온 나는 좀 전에 본 일출의 감격스러움을 누군가에게 꼭 전해주고픈 맘이 들었다. 선혜가 생각났다. 그래서 그녀에게 전화를 할까, 싶었지만 마침 폰에 찍혀 있는 숫자가 작아서 그만 뒤로 미루기로 했다. 괜히 잠을 깨울지도 모르리란 생각이 들어서였다.

  대신 나는 낮으로 가까운 아침이 오기까지 개인적인 일로 시간을 쓰기로 했다. 아직 기간이 남았긴 하지만 휴학이 거의 다 채워졌다. 그러니 복학과 관련한 것들을 조금 알아둘 필요가 있을듯했다.

  나는 곧 랩톱을 들고 발코니 의자에 앉아, 그것과 관련된 것들을 알아보기 시작했다. 복학 예정일, 수강신청 기간, 대략적인 수

업시간표 등, 잠시 이것저것을 알아보는 사이 시간은 순식간에 흘렀다. 마침내 랩톱을 덮을 때쯤 시간은 아홉 시 삼십 분을 찍고 있었다.

이윽고 나는 선혜에게 전화를 걸었다. 신호음이 들려왔다. 발코니로부터 여유로운 햇살이 내리쬐고, 통화 연결소리가 주기적으로 들려오자 일전에 간직해 둔 마음이 다시 돋아나는 듯했다. 곧 통화가 연결됐다.

"여보세요?"

내가 말했다. 통화가 연결됐음에도 선혜의 목소리가 들리지 않아서였다. 대신, 조금 부산스러운 소음만이 스피커로 들려올 뿐이었다.

나는 다시 여보세요, 하고 말해보았다. 그제야 그녀가 받았다.

"응, 왜?"

"어, 선혜야. 지금 뭐 해?"

"나, 클라이밍 중이었어."

선혜의 목소리에서 가쁜 호흡이 느껴졌다. 내가 말했다.

"그래? 언제부터?"

"오늘 처음 온 거야. 해보고 싶었거든. 나중엔 험한 암벽등반도 하고 싶고 말이야. 지금은 조금 오르는 것도 힘에 부치지만…."

나는 문득 선혜와 등산을 갔을 때에 건강해지고 싶다던 그녀의 말이 생각났다. 나는 폰을 든 채로 고개를 끄덕이며 말했다.

"그렇구나. 지금 숨찬 것 같은데, 나중에 통화할까?"

"아냐, 지금 괜찮아…, 여기 올래?"

"거기를?"

"응. 구경하러 와, 그래도 괜찮거든."

"좋아, 주소 보내줘."

선혜는 톡으로 클라이밍장 주소를 보내주겠다고 했다. 그러고서 연락을 끊었다. 그리고 얼마지 않아, 그녀로부터 톡이 날아왔다. 확인해 보니, 주소지의 거리가 얼마 되진 않는다. 차로 이십 분이면 도착할 거리였다.

슬슬 나갈 준비를 하려고 의자에서 일어났다. 그 순간, 발코니 테이블 위로 드리누운 햇살에 눈이 갔다. 나는 창밖으로부터 오는 햇볕을 향해 고개를 돌렸다. 전하고픈 맘이 있었는데 어쩌다 보니 말하지 못했다. 조금 아쉽지만 다음이 있을 거다.

나는 옷매무새를 가지런히 했다. 거울을 보니 굳이 다른 옷으로 갈아입을 필욘 없어 보였다. 이윽고 나는 차 키를 챙겨 밖으로 나갔다. 그리고 차에 시동을 걸고 천천히 달리기 시작했다.

클라이밍장은 예상했던 대로 그리 멀지 않았다. 신호를 어느 정도 거쳐 가자 곧 도착이었다. 나는 빌딩 주차 구역에 차를 세우고 빌딩 안으로 들어섰다. 승강기 버튼 옆에 클라이밍 층을 안내하는 포스터가 보였다. 바로 위층인지라 나는 층계를 걸어 올랐다.

문을 열고 들어가자 트레이너로 보이는, 체격 좋은 남성분이 맞아들였다. 친구를 찾아왔다고 용건을 말하자, 직원분이 나를 친절히 안내해 주었다. 트레이너를 따라 클라이밍장을 둘러보는데, 내부가 꽤 크고 넓다는 것을 알 수 있었다. 구역이 몇 개로 나뉘어져 있었는데, 구역마다 벽의 구조나 홀드들이 조금씩 달랐다.

이윽고 직원분이 걸음을 세우고 여깁니다, 하고 말해왔다. 나는 안내에 감사하다고 인사하곤 뒤쪽에 마련된 소파에 앉았다.

잘 모르지만, 한눈에 봐도 이 구역이 초급자를 위한 곳이란 걸 느낄 수 있었다. 몇 미터 앞, 푹신한 매트 위로 자일을 차고 홀드를 붙잡고 있는 몇몇 수강생들과 그들을 열심히 가르쳐 주고 있는 선생님이 보였다. 그중에 흰옷을 입은 여성의 뒷모습이 유독 내 눈에 들어왔다. 선혜였다.

선혜는 옆의 다른 수강생들의 자세를 몇 번씩 쳐다보며 홀드를 잡아 오르려 하고 있었다. 약간 자세가 어정쩡해 보이긴 하지만 그녀는 애쓰고 있었다. 이윽고 홀드들을 차곡차곡 오르기 시작한 선혜는 이내 다른 수강생들을 앞서 오르고 있었다. 그러다 사선으로 나 있는 홀드에 발을 올리려 들 때였다. 조심스레 발을 올리고 다른 홀드를 잡아 올리는가 싶더니, 그만 홀렁 발이 미끄러져 버린 것이었다.

클라이밍 학원의 안전설계는 괜찮은 듯했다. 매트의 깊이가 상당한 것 같다. 선혜는 팔을 위로 펴고 가만히 누워 있었다. 가까이 가지 않아도 숨이 차 보인다.

이윽고 나는 자리에서 일어나 천천히 매트 쪽으로 갔다. 그리고 지친 건지, 누운 김에 쉬려는 건지 모를 선혜의 얼굴 위로 고개를 내렸다.

"어? 왔네?"

선혜가 살짝 놀란 표정으로 말했다. 나는 웃어 보였다.

"오라며."

선혜는 눈을 감고 웃었다. 그러고서 내게 손을 뻗었다. 나는 그녀의 손을 잡고 당겼다. 곧 자리에서 일어난 선혜는 엄지손가락으로 소파를 가리켰다. 우리는 그리로 갔다.

"나 오르는 거 보니까 어때?" 선혜가 소파에 앉으며 물었다. 나는 그녀 옆에 나란히 앉으며 말했다.

"되게 열심히 하더라. 곧잘 하는 것 같았어. 처음이잖아?"

선혜는 고개를 끄덕였다. 그리고 말했다.

"그래도 뭔가 아쉬워. 거의 마지막 홀드였는데."

나는 앞을 바라봤다. 수강생들이 집중해 자기 주위로 난 홀드들을 쳐다보고 있었다. 내가 말했다.

"아냐, 충분해 보였어. 그보다 너야말로 직접 해보니까 어때?"

"좀 힘들어. 재밌기도 한데, 오르는 맛이 있달까? 근데 온몸 근육을 다 써줘야 해서 꽤 힘들어. 팔다리가 다 벽에 붙어 있으니깐. 또 조금 무섭기도 하고 그래."

선혜는 잠시 창밖을 보는 것 같았다. 그러더니 곧 나를 향해 고개를 돌리며 말했다.

"참, 오늘 시간 돼?"

"그럼. 되니까 왔지."

"맥주 한잔 어때? 땀을 흘려서 그런가, 시원한 맥주가 생각나. 다른 거 필요 없이 딱 맥주만. 뒤에 시간 비면 맥주 괜찮지 않아?"

"좋아. 그런데 어디서?"

"너희 집."

"우리 집?"

선혜는 살짝 눈을 가늘게 뜬 채로 나를 보고 있었다. 아마도 내가 그녀와 톡으로 나눈 여럿 소소한 대화들 중에서, 내 부모님이 맞벌이를 하신단 것을 기억한 듯했다. 나는 승낙하며 말했다.

"대신, 너 갈 땐 택시 타야 해."

"상관없어."라고 말하며 선혜는 자리에서 일어났다. 그녀의 얼굴에 묘한 화색이 돋은듯했다.

클라이밍장을 나온 우리는 곧바로 차를 타고 이동했다. 선혜는 조수석 등받이를 뒤로 기울이곤 폰으로 뭔가를 계속 봤다. 궁금해진 나는 그녀에게 무엇을 보는 거냐고 물어봤다. 그러자 그녀가 말했다.

"맥주 뭐 마실지 보고 있어."

선혜는 우리가 마실 편의점 맥주를 미리 고르는 듯했다. 나는 고개를 끄덕였다. 잠시 그녀가 맥주를 고르는 데 집중하는 동안

부지런히 운전대를 잡았다. 그렇게 이십 분 가까이를 달리자 곧 내 집 주차장에 차를 댈 수 있었다.

차에서 내린 후 우리는 인근의 편의점으로 향했다. 곧 편의점에 들어가자, 선혜는 바로 냉장고로 가 맥주 두 캔을 쑥쑥 골라냈다. 그녀가 미리 봐둔 맥주가 어떤 맛일지 궁금했다. 그래서 나는 그녀와 같은 것 두 개를 골랐다.

계산을 한 후 우리는 다시 집으로 향했다. 곧 도착해 빌라 층계를 오르는데, 그제야 나는 선혜를 내 집에 초대했단 게 실감이 나기 시작했다. 그녀가 내 집 안을 어떻게 느낄지 조금 신경 쓰였다. 혹 널브러진 옷가지들이 있지나 않을까, 하는 사소한 것들이긴 하지만 말이다.

이윽고 현관문에 다다랐다. 나는 문을 열고 선혜를 안으로 응대했다. 다행히 집 안엔 딱히 어질러진 것들이 없었다. 물론 사람 사는 냄새가 날 정도이긴 하지만 말이다. 선혜가 들어왔다. 그녀는 신발장에 선 채 잠시 집 내부를 훑어보는 것 같았다. 천천히 고개를 돌리며 이곳저곳을 둘러본 그녀는 곧 내게 말했다.

"냄새 좋네."

고마워, 라고 말하면서 나는 덧붙였다. "편하게 있으면 돼. 소파에 앉아 있어도 좋고, 좀 둘러봐도 좋고. 맥주는 나한테 줘, 잔에 따라 오게."

그렇게 말하곤 나는 선혜로부터 맥주를 건네받았다. 얼른 부엌으로 가, 싱크대 수납장에서 길고 둥근 유리잔 두 개를 꺼냈다. 그리고 싱크대에서 그것들을 씻었다. 한창 잔을 헹궈내는 중인데 선혜가 뒤에서 불러왔다. 뒤돌아보자, 선혜가 손가락으로 내 방을 가리켰다.

"네 방 좀 봐도 돼?" 선혜가 물어왔다. 나는 말했다.

"문제없지."

그리고 나는 다시 잔으로 시선을 돌렸다. 수돗물을 조금 약하게 틀어 잔을 좀 더 씻었다. 나는 잔을 개수대에 여러 번 털어낸 후 마른행주로 닦기 시작했다.

이윽고 잔에 남은 물기가 거의 없을 즈음이었다. 뒤돌아보니 선혜가 소파에 앉아 폰 액정을 보며 머리를 만지고 있었다. 나는 맥주 캔을 따고 잔에 가득 따랐다. 그리고 남은 두 캔을 옆구리에 끼고 거실로 들고 갔다.

"자, 마셔."

나는 잔 하나를 선혜에게 건네며 말했다. 그러자 그녀가 작은 목소리로 와, 하고 소소한 감탄사를 냈다. 나는 그녀 앞, 바닥에 앉았다.

"진짜 시원해 보여."

선혜가 잔을 빤히 바라보며 말했다. 곧 그녀는 내게 잔을 내밀었다.

"건배."

"건배."

잔을 치고 맥주를 맛봤다. 쌉싸름한 맛이 입안을 가득 메우는 게 꽤 맛이 좋았다. 선혜는 꿀꺽꿀꺽 맥주를 삼켰다. 목 넘김이 있을 때마다 그녀의 한쪽 눈썹이 찡그려진다.

곧 청량한 소리가 선혜의 입에서 새어 나왔다. 그녀는 맥주잔을 소파 팔걸이 위에 올려놓았다. 그리곤 다시금 고개를 돌리며 집 안을 두루 돌아봤다. 마치 무언가를 편하게 감상하듯 말이다.

"뭔가 아늑하고 좋아." 선혜는 해맑게 웃으며 말했다.

그러고서, 선혜는 잔을 아예 소파 팔걸이에 놓고 소파에 등을 완전히 기댔다. 거의 눕다시피 말이다.

"편하다."

"쏟겠어."

나는 선혜의 잔을 팔걸이 안으로 좀 더 밀어 넣었다. 선혜를 가만히 보고 있는데 자연스레 웃음이 나왔다. 문득 그녀가 우리 집에서 맥주를 마시자고 말해온 이유가 궁금해졌다. 내가 물었다.

"그나저나, 왜 하필 우리 집에서 마시자 했어?"

"마실 데가 없잖아."

그러고서 선혜는 소파 밑동을 발로 살살 쳤다. 그녀가 덧붙였다.

"어떤 분위기의 집일까, 궁금하기도 했고."

나는 고개를 들고 집 안을 두루 돌아봤다. 편하다, 는 선혜의 말이 맘속에서 웅웅, 작게 진동하는 것 같다. 선혜는 곧 상체를

당겨 자세를 곧게 세웠다. 그리고 다시 잔을 집곤 내게 내밀었다.

"다시, 짠."

"짠."

맥주를 마셨다. 역시 맛있다.

선혜는 잔을 다시 팔걸이에 얹혔다. 잠시 손가락으로 팔걸이를 톡톡 치더니 곧 나를 바라봤다. 그리고 내게 물었다.

"근데, 아침엔 왜 전화한 거야?"

"응?"

"아침에 나한테 전화했잖아. 단지 내가 뭐 하고 있는지 궁금해서?"

"아, 그게…, 실은 내가 오늘 진짜 일찍 잠에서 깨어서 산책 갔거든…."

말을 하던 도중 자연스레 시선을 돌리다 발코니를 보게 됐다. 넓은 창으로부터 블라인드 틈새까지 볕이 드러누웠다. 발코니 탁자 위에 켜켜이 쌓인 책들의 빛바램이 햇볕에 아름다워 보인다. 선혜가 내 시선을 따라 발코니를 보는듯했다. 나는 말했다.

"밖은 깜깜하고 추운데, 다시 잠들긴 애매해서 그냥 산책 갔어. 확실히 해나기 전까진 좀 춥더라. 근데 걷다 보니 금세 일출이었어. 한순간 하늘이 밝아지는데, 무척 아름다웠어. 그때 뭐랄까, 좀 기뻤다고 해야 하나? 그런 고양감도 들었고 말이야."

이윽고 나는 맥주를 조금 마셨다. 그리고 잔을 바닥에 내리며 말했다.

"그 감상을 너한테 들려주고 싶었어. 그래서 전화했지."

선혜는 발코니를 주시한 채 피식 웃어 보였다. 발코니는 평화롭고 따뜻해 보인다.

잠시간 발코니를 바라보다 선혜는 다시 상체를 소파 등에 기댔다. 맥주를 몇 모금 마신 후 그녀는 거실 어딘가를 응시했다. 정확히 뭔가를 보고 있는 것 같진 않았다. 그저 생각에 잠긴 시선 같았다. 나는 물었다.

"무슨 고민 있어?"

그러자 선혜가 나를 한번 보곤 답했다.

"고민은 무슨."

나는 말없이 맥주를 마셨다. 선혜도 맥주를 마셨다. 그녀는 조금 오랫동안 맥주를 입안에 머금었다.

"있잖아, 너희 집 되게 좋아 보여."

선혜가 말했다. 내가 답했다.

"그래? 그냥 평범하지 않아?"

"아냐, 좋아. 난 이런 느낌 받은 적이 없거든."

나는 선혜를 올려다봤다. 그녀는 미묘한 웃음을 짓고 나를 보고 있었다. 그녀가 잔을 입술에 가져다 대며 말했다.

"시설 나온 이후로부턴 일을 쉰 적이 없을 걸? 최근엔 좀 쉬고 있긴 하지만 말이야."

선혜의 눈을 마주 봤다. 조금 고개를 끄덕이다 발코니를 둘러보곤 했다. 잠자코 그녀의 얘기를 들었다.

"아주 가끔, 그런 생각을 해. 때때로 속이 답답하고 마음이 공허해지는 게 그런 부분 때문일까, 하고 말이야. 시설에 있을 때 나를 챙겨주신 분들이 감사하긴 하지만, 그것과 별개로 화가 날 때가 있어. 그러다 보면 이런저런 생각을 하게 되고…. 여하튼 굉장히 속이 답답해져 와."

선혜는 잔에 남아 있는 맥주를 모두 마셨다. 그리고 내게 잔을 내밀었다.

"맥주 좀."

새 캔을 따다 그녀의 잔에 부어줬다. 그녀가 이어 말했다.

"좋은 것들을 보고, 좋은 것들을 듣고, 가장 친한 친구한테 털어놓기도 해봤는데 잘 풀리지가 않아. 속을 털어놔도 잠깐이야. 뭔가 그 친구가 온전히 공감할 수 있을까, 하는 게 어쩔 수 없이 생기더라고. 그래서 어떤…, 화가 안 풀려. 아마도 받아야 할 걸 못 받았단 생각이 있어서 그런 것 같아."

나는 남은 맥주를 모두 마셨다. 새 캔을 따고 내 잔에 부으면서 나는 조심스레 말했다.

"힘들었겠다."

조금 많이, 라며 선혜는 담담한 목소리로 말해왔다. 꽤 오랜 시간 딱딱하게 굳은 소리로 들려 마음이 아렸다.

이윽고 나는 마음을 가라앉힐 겸 발코니를 향해 시선을 돌렸다. 타일 벽에 대각으로 기대선 햇살이 보인다. 가만히 그것을 보는데, 간격이 넓은 둥근 울타리 새로 들어온 햇살이 겹쳐 보였다. 그 햇살이 온화하게 빛내는 곳에 '그녀'가 서 있고, 나는 옆에 있다. 상심해 있는 내게 무어라 말하는 '그녀'의 모습. 아마도, 진영의 일로 얘기하던 때의 병원 휴게실 안에서일 거다.

"무슨 생각 해?"

선혜가 물었다. 비로소 발코니가 보였다. 나는 말했다.

"아니, 잠깐 옛날 생각이 나서."

그러자 선혜가 나를 쳐다보는 듯했다. 나는 이어서 말했다. 그저 발코니에 시선을 둔 채로.

"병원에서 일했을 때, 너처럼 받아들이기 힘든 아픔을 가진 애가 있었거든. 문득 그 애가 생각났어."

"어떤 애였는데?"

선혜가 물었다. 이윽고 나는 진영의 얘기를 들려주기 시작했다. 얘기를 듣는 동안 선혜의 시선은 깊은 생각으로 들어가는 듯했다. 마치 전래동화를 듣는 것 같은 모습이었다. 그녀는 간혹 질문을 해왔다. 질문의 내용을 미루어, 나는 마치 그녀가 진영에게 직접 묻는 것만 같은 느낌이 들었다. 그뿐 아니라, 나는 그녀의 눈빛 속에서도 진영이 되어보는 것 같은 그녀를 느낄 수 있었다.

이윽고 진영의 얘기가 끝났다. 선혜는 여전히 깊은 생각에 잠긴 시선을 공중에 두고 있었다. 그렇게 한동안 별다른 미동 없이 침묵하고 있던 그녀가 곧 내게로 시선을 돌렸다. 그녀의 눈 속에 또 한 번 무게감 있는 궁금함이 서린듯했다. 그녀가 물어왔다.

"그 아이의 마지막 모습이 어땠는데?"

발코니를 봤다. 햇살이 누워 있다. 나는 말했다.

"편안해 보였어."

● ● ●

잠깐 햇살이 미동 없이 발코니에 앉아 있다. 창가에 조금 펼쳐진 하얀 커튼 블라인드. 아침의 등불처럼 하얀 커튼 블라인드는 햇살을 가리는 게 아니라 햇살을 받아 노랗게 물들어 있다. 편안하게 밝은 햇빛이 커튼 블라인드 틈새로 비스듬히 누워 선을 내고, 거실을 아늑하게 조명했다.

나는 무릎을 약간 세우고 두 팔로 감쌌다. 느슨하게 손가락으로 무릎을 잠그고 눈동자만 그녀를 향해 봤다. 그리고 말했다.

"그 누나가 떠나고서 나에게 한 가지 문제가 남았어. 이따금 난 데없이 불안이 밀려올 때가 있거든. 조금은 강도 높은 불안이야. 그럴 때마다 내 마음을 적어봤어. 무엇 때문에 불안한지, 지금 내 감정은 어떤지. 생각과 심정을 고스란히 글로 옮겨봤어. 그러니까 불안이 차차 사그라지더라. 비록 이유를 온전히 다 알지 못한다 하더라도 괜찮아. 나를 바라봐 주는 것만으로 충분할 때가 있거든."

선혜는 소파 위에서 무릎을 세우고 나를 쳐다봤다. 약간은 놀란 표정이었다. 아마도 내게 그런 힘겨움이 있다는 것이 조금 의외라고 느낀 것 같았다. 나는 멋쩍게 웃어 보였다. 달리 할 말도 없었다. 곧 그녀가 말없이 작게 고개를 끄덕이자 나는 시선을 자연스럽게 다른 곳으로 돌렸다. 옅은 숨을 한번 몰아쉬면서. 그렇게 내 눈은 발코니 햇살에 옮겨갔다. 아까부터 계속 앉아 있던 그 햇살에 말이다.

그러다 문득 이유를 알 수 없지만, 오늘 그녀에게 전하려고 마음먹었던 것이 다시 기억났다. 오늘 일출. 아직 어둑한 하늘에 매우 아름다운 해가 드러났고, 그곳 하늘이 붉다가 점차 온 하늘이 밝게 파래지던 아름다운 광경을 지켜보았던 소감을 전해주고 싶었다. 그때 느꼈던 고양된 감정이 다시 속에서 올라오는 것이 느껴졌다. 그 맘과 감정이 말로 바뀌어 소통되고픈 의욕도 함께 일어서는 것 같았다. 그렇지만 폭발적이지 않고 자연스러운 세찬 마음이었다. 아마, 아니 당연히 선혜도 일출을 본 경험은 살면서 몇 번쯤 있었을 것이다. 나도 그런 경험이 오늘 외에도 몇 있었다. 그러나 오늘의 느낌은 내가 이전에 보았던 광경과 사뭇 달랐다. 나는 선혜에게 말하기 시작했다. 오늘 봤던 일출에 대해서.

11

 선혜를 집에 초대한 날로부터 일주일이 지났다. 나는 점심을 먹고 나서 방에서 내가 전공한 과인 경제학 학부 책을 읽던 중인데, 최근 며칠 전부터 복학 후 지적으로 뒤처지지 않기 위해 적당한 복습을 해오고 있었다. 책의 첫 페이지의 기초주제부터 찬찬히 다시 읽어나가자 전공 학문에 대한 흥미로움이 다시 돋아나는 것 같았다.
 나는 책상 의자에서 일어나 부엌으로 갔다. 잠시 휴식도 취할 겸 커피를 마시려고. 스테인리스 보틀에 커피 원두를 타고 정수기로 뜨거운 물을 받았다. 향긋한 커피 향이 올라온다. 나는 식탁 의자에 앉아 거실 너머 발코니와 창밖을 바라보며 커피를 마셨다.
 최근엔 선혜와 연락이 그다지 많지 않았다. 내가 선혜를 집에 초대했던 날 이후로 그 이전에 비해서 연락이 조금 많이 뜸해졌다. 하루 건너서는 거의 늘 오갔던 톡도 이틀, 삼 일로 늦춰졌고, 연락이 된 날도 답장이 계속 느렸다. 집에서 복습을 하면서도 간간이 선혜 생각이 들긴 했지만 바쁜 일이 있거나 자기 일상을 잘 보내고 있겠지, 하며 담담하게 생각했다. 물론 최근에 그녀를 만났던 날이 인간적으로 신경이 쓰였던 것은 사실이다. 그날 후로 연락이 눈에 띄게 뜸해졌기에 혹시 내가 그날 대화하면서 어떤 실수를 했던 걸까, 하고 돌이켜보게 됐다. 나는 내 안에서 그때 했던 진영의 얘기를 다시 곱씹고, 내 어려움을 말했던 것을 곱씹었다. 마지막으로 일출에 대해서 말했던 기억 역시 말이다. 그렇게 돌이켜보았을 때 문제 될 것은 없어 보였다. 특히 내가 마지막으로 일출에 대한 소감을 나눌 때엔 그녀도 편한 얼굴을 짓고 있었기 때문이다. 우리는 그 얘기를 마지막으로 서로 소소한 생각과 경험들을 주고받으며 평범하고 편안한 대화를 이어갔다. 그리고 그 대화를 끝으로 선혜는 자리에서 일어났다. 내 기억이 맞는다면 그녀도 나름 편안한 대화를 끝으로 집에 돌아갔다는 생각이 들었다. 그래서 크게 걱정하지는 않았다.

스마트폰에서 진동이 울렸다. 나는 바지 주머니에서 폰을 꺼내 확인했다. 에스앤에스 다이렉트 메신저로 메시지가 날아왔다. 폰 상단 바를 내려 보니 프로필란에 웃고 있는 여성 사진이 담겨 있었다. 아이디는 영어로 되어 있는데 이름 같진 않았다. 평소 에스앤에스를 잘 하지 않아 모르는 계정의 연락은 무시하곤 했다. 그렇지만 방금 막 날아온 이 계정의 메시지는 사실 사흘 전에도 내게 날아왔었다. 그때도 여느 때처럼 그냥 무시했는데, 이번에도 같은 계정으로 연락이 오니 혹시 나를 아는 사람인가, 싶은 생각이 든다.

나는 메시지를 열어봤다. 사흘 전에 날아왔던 메시지는 '저기 수산 씨?'였고, 이제 막 날아온 내용은 '실례가 안 된다면 잠깐만 메시지가 가능할까요?'였다. 나는 그녀의 프로필 사진을 눌러봤다. 나는 처음 보는 얼굴이었다. 그런데 메시지에서 그녀는 내 이름을 알고 있었다. 그녀의 계정 속 게시물은 비공개로 되어 있어 다른 확인을 해볼 수 없었다. 나는 약간 의문을 가진 맘으로 누구세요, 하고 답장을 써 보냈다.

그러고서 폰을 식탁 위에 올려두고 가만히 있었다. 커피의 뜨거운 김이 조금씩 식어가고 있다.

얼마 안 되어 그녀로부터 메시지가 날아왔다.

- 안녕하세요, 저 선혜 친구 이가연이라고 해요. 무턱대고 연락드려 죄송합니다. 선혜에게 수산 씨 얘기를 많이 들어서 수산 씨란 사람이 선혜와 친분이 있다는 것을 알고만 있었던 사람이에요. 제가 이렇게 연락드린 건, 수산 씨, 당황스럽겠지만 최근에 선혜에게 연락이 되는지 조금 여쭤보고 싶어서였어요. 메시지는 선혜와 계정이 닿아 있어서 쉽게 연락드리게 됐어요.

메시지를 읽고서 나는 약간 당혹스러웠다. 선혜에게 무슨 일이 생긴 걸까. 아니, 그 전에 가연 씨란 사람에 대해 확인부터 해야 했다. 나는 메시지를 써 보냈다.

- 아 그러시군요. 그렇지만 가연 씨가 선혜와 친구인지 저로서는 확신할 수 없어요.

그렇게 보내고 나서 가연 씨로부터 친목 요청이 왔다.

- 제 게시물을 지인들만 보도록 설정해 놓았어요. 제가 선혜랑 찍은 사진들이 있는데 확인 부탁드려요.

- 네, 잠시만요.

나는 친목 요청을 받고 그녀의 게시물을 들어가 보았다. 정말 선혜와 함께 찍은 사진들이 꽤 있었다. 그 중엔 선혜 계정으로 댓글도 더러 달려 있는 게시물도 있는 걸 보니 정말 선혜의 친구가 맞는듯했다. 나는 가연 씨에게 메시지를 보냈다.

- 게시물 봤어요, 가연 씨. 이렇게 확인시켜 주셔서 감사드려요. 선혜와 연락이 되기는 했어요. 자주 안 된 건 사실이지만요. 선혜에게 무슨 일이 있나요?

그러자 곧바로 답장이 왔다. 메시지 확인 기능이 바로 활성화 되는 걸 보아 그녀는 나처럼 메신저를 열어두고 있었다.

- 선혜에게 무슨 일이 있는지 메시지로 다 얘기하기가 조금 어렵네요. 아, 그리고…. 제가 연락드린 건 선혜에겐 말하지 말아주세요. 정말 죄송하지만 혹시 만나서 얘기해도 될까요…? 어려

우시다면 통화라도 안 될까요?

나는 잠시 고민했다. 메시지로는 다 말하기 어렵다는 내용이 무엇일까. 선혜에게 알리지 말아 달라는 부탁은 어떤 이유에서 고. 나는 다시 가연 씨에게 메시지를 보냈다.

- 가연 씨, 무슨 일인지는 모르지만 메시지로는 정말 어려울까요? 선혜에게 가연 씨로부터 연락이 왔단 걸 알리지 말아야 할 정도로 무슨 일이 있는 거예요??

- 그게…. 꼭 그렇단 건 아녜요. 다만 제가 잘 설명할 수 있을 것 같지가 않아서 실례를 무릅쓰고 양해를 구해요. 선혜에게 지금 당장은 알리지 말아주세요. 선혜에게 무슨 큰일이 난 건 아니긴 해요.

나는 잠깐 더 고민한 후에 그녀에게 메시지를 보냈다.

- 그럼 만나서 대화하는 걸로 해요. 저도 좀 얘길 듣고 싶네요.

- 네, 수산 씨 정말 감사드려요.

나는 가연 씨와 만날 장소와 시간에 대해 정했다. 나는 일부러 사람이 많은 시내의 한 카페에서 만나자고 권했고, 그녀도 승낙했다. 시간은 가연 씨가 가능한 한 빨리 만나고 싶다 했다. 그녀는 오늘 저녁에 시간이 비는지 물어왔고 나는 괜찮다고 답했다. 그래서 가연 씨와 오늘 저녁 여섯 시에 시내의 한 카페에서 만나기로 했다.

약속을 다 잡은 후 나는 폰을 식탁에 내려놓았다. 그리고 커피를 마시려고 보틀을 들었다. 커피가 다 식은 게 느껴졌다. 조금 많이 혼란스럽고 정신이 없지만, 자세한 건 오늘 가연 씨를 만나 얘기를 나눠보면 알게 될 것이다. 나는 남은 커피를 한 번에 다 마셨다.

・・・

오후 다섯 시가 조금 넘어 나는 조금 빨리 가서 기다릴 심산으로 가연 씨와 약속된 카페로 차를 몰았다. 인근 주차장에 주차하고 카페까지 걸어갔다. 주차장에서 카페까진 그리 멀지 않았다. 나는 아메리카노를 한 잔 주문하고 2층으로 올라갔다. 사람이 많아 3층으로 올라갔다. 3층 역시 사람들이 많았지만 중간중간 빈 테이블이 보였다. 가연 씨와 진지한 대화가 될 것 같다. 나는 조금은 구석진 테이블에 자리를 잡고 앉았다. 폰을 확인하자 약속 시간까지 십오 분이 남았다. 나는 커피를 한 모금 하고 창밖을 바라봤다.

잠시 그렇게 있다가 폰을 다시 확인했다. 다섯 시 오십 분이었다. 나는 메신저로 가연 씨에게 먼저 도착했다고 알리며 내가 있는 자리를 말했다. 천천히 오시라는 말과 함께.

메시지 확인이 됐으나 답장은 없었다. 메시지를 보낸 지 일 분 후에 층계 쪽에서 한 여성이 이쪽으로 걸어왔다.

조금 그을린 피부색, 긴 머리에 뚜렷한 이목구비의 여성이었다. 그녀의 손에도 아메리카노가 담긴 잔이 들려 있다.

가연 씨가 자리에 앉았다. 서로 어색한 인사를 나누고 우리는 바로 본론으로 들어갔다.

가연 씨가 물었다.

"혹시 선혜에 대해선 얼마나 알고 계세요?" 나는 말했다.

"웬만한 건 거의 다 들은 것 같아요. 자신할 순 없지만요."

"저는 선혜와 고등학교 시절부터 친구였어요. 선혜랑 정말 친하게 지내와서 선혜에 관해서 많이 알고 있어요. 물론 저도 친한 친구라 해서 선혜에 대한 모든 걸 알고 있다고 말할 순 없겠지만요. 여하튼, 저는 선혜랑 예전부터 쭉 친구로 지내오면서 선혜의 이야기를 알고 있을 수밖에 없어요. 선혜가 수산 씨를 만난 후엔 꼭 저에게 같이 만나 놀 때든, 전화나 톡을 할 때든 얘길 해주더라고요. 아, 기분 나쁘게 듣진 말아주세요. 다 좋은 얘기였고, 친구끼린 그런 얘기 다들 하잖아요. 수산 씨는 선혜에게 어떤 얘기를 들었는지 실례지만 물어봐도 될까요?"

"선혜의 가정사를 들었어요. 그리고 최근에 다쳤던 일에 대해서도 알고 있어요."

가연 씨가 눈을 지그시 감으며 아주 살짝 턱을 당겼다. 다 알고 있다는 듯이.

"그래도 정말 다 얘기한 건 아닌가 보네요. 남자 얘길 안 한 걸 보면."

"남자 얘기요?"

"네. 선혜가 예전에 만났던 남자가 있었어요. 약 일 년 전쯤에 그 남자랑 만나기 시작했어요. 어떻게 만나게 됐는지 같은 건 지금 그리 중요한 게 아니니 제쳐두고, 그 남자랑 헤어진 게 얼마 되지 않았거든요. 수산 씨랑 선혜가 알게 된 지로부터 불과 몇 주 전이에요."

나는 선혜를 알고서 처음 가졌던 식사 자리를 생각했다. 점심을 먹으면서 맥주를 마시며 선혜가 해줬던 얘기를. 그리고 그녀와 등산을 했을 때 정상에서의 대화도.

"대충 알고는 있어요. 그런데요?"

"아, 알고 계셨군요. 그럼, 수산 씨," 하고서 가연 씨가 상체를 조금 앞당기며 말했다. "이런 얘기가 조금 듣기 어려우실 수 있지만 들어주시길 부탁드려요. 그 남자 때문에 선혜가 많이 힘들어했어요. 사귀던 지난 일 년 동안, 아니, 그건 사귀었다고 말할 수 없는 거지만, 여하튼, 사귀던 지난 일 년간 그 남자가 선혜를 너무 힘들게 했어요. 걔는 선혜의 힘든 부분을 뭐랄까, 잘 이용했어요. 걔랑 관련이 없는, 선혜의 친구이기만 한 제가 객관적으로 보면 그래요. 걔는 선혜의 마음의 상처를 알고 잘해주는 듯 가스라이팅을 했어요. 말이 조금 거칠지만 결국 심리적으로 자기 아래에 있도록 한 거죠."

"조금 구체적으론 어떻게 힘들게 했단 거죠?"

"돈도 뺏기고 그랬어요. 아르바이트를 하고 번 돈을 가져가기도 하고 절대 갚지도 않았어요. 그건 뺏긴 거죠. 그 외에도 참 많아요. 근데 문제는 선혜가 힘들어하면서도 쉽사리 벗어나질 못했어요. 제가 옆에서 보고 그건 아니라고 얘길 해줘도 처음엔 개를 믿는 것 같았고 나중엔 본인이 힘들고 외로워도 끊어내질 못하더라고요. 그때 선혜를 보면 화가 나기도 하고 속상하기도 하고 그랬어요. 마음이 답답한데 자꾸 도돌이표더라고요. 제가 선혜 친군데 선혜를 나쁘게 얘기하려는 게 아니에요. 하지만 친구 얘기지만 솔직하게 말을 꺼낼 수밖에 없을 것 같아서요."

가연 씨가 이어서 말했다.

"선혜가 걔 때문에 정말 마음 힘들어했어요. 이런 말 조금 그렇지만 수산 씨도 선혜의 사연을 아시니까요. 저랑 선혜가 친구로 지내오면서 같이 잘 놀고, 진지한 얘기도 같이 나누고 서로 고민도 얘기하곤 했어요. 친구끼리 그렇게 하잖아요. 제가 선혜 얘기에 진지하게 공감도 하고 위로나 조언도 해줬어요. 물론 선혜도 제 고민들에 그래 줬던 고마움이 있어요. 여하튼, 그랬지만 역시 당사자에겐 어떤 아픔이랄까요? 마음속에 잘 채워지지 않는 게 있었나 봐요. 그런데 재수 없게 그 녀석이 선혜의 마음을 약점으로 삼았던 거예요. 그리고"

가연 씨가 상체를 옆으로 돌리며 살짝 숙였다. 창밖을 한번 바라봤다. 그리고 말했다.

"걔가 또 연락이 왔어요. 최근에."

잠깐 조용해졌다. 가연 씨가 말했다.

"수산 씨, 최근에 연락이 잘 안됐다면, 되긴 했어도요. 걔 영향이에요."

나는 순간 내 과거의 흐름을 생각하게 됐다. 병원에서 자원봉사, 호스피스 병동, 선영 누나, 마지막으로 다시 간 병원.

"잠깐만, 가연 씨, 잠깐만요. 저는 선혜의 애인은 아니에요. 조금 신기하다면 신기한 인연인 건 맞지만 남자친구는 아닙니다. 가연 씨 말을 들으면서 저도 안타깝고 속상한 감정이 들어요. 그렇지만 현실을 보자면, 선혜 본인이 선택하고 나와야 하지 않을까요."

"물론 그렇죠. 그렇지만 친구로서 도와주고 싶었어요. 수산 씨 정말 죄송해요. 이건 진심이에요. 수산 씨, 선혜가 그 남자랑 헤어지고서 어땠는지 알아요? 수산 씨와 알게 되기 전에요."

"그러니까 제가 선혜를 병원에서 알게 되기 전을 말씀하시는 거죠?"

"네. 선혜가 몇 주를 정말 힘들어했어요. 저라면 그런 사람 가차없겠지만 선혜는 잘 그러지 못했어요. 계속 감정적으로 헤맸던 것 같아요. 어쩌면 본인도 속으론 아니란 걸 알았을지도 몰라요.

아뇨, 알고 있었을 거예요. 그렇지만 그게 감당이 안 됐던 것 같아요. 조심스럽지만 선혜는 자기를 좀 더 챙겨야 했어요. 친구로서 보는 입장은 그래요. 아니 사실 그게 누구에게나 당연한 거잖아요? 힘든 거야 당연하겠지만 꼬박꼬박 끼니를 잘 챙기고 건강을 더 챙겨야죠. 헤어스타일에 변화도 좀 주고. 어쩔 수 없이 오는 힘겨움은 있겠지만 아깝잖아요. 걔에게 낭비하는 감정과 시간이요. 어쩔 수 없는 부분 말고요. 그렇게 생각하지 않으세요?"

"네, 그게 좋은 길이라고 생각합니다."

"조심스럽지만요, 걔 영향이 너무 컸던 걸지도 몰라요. 혼자 힘들었던 시간의 끝이요. 그 사람의 영향이 없다고 볼 수 있을까요? 조심스러운 부분이지만 다른 사람에 대해 굳이 잘잘못을 판별하려는 건 아니에요. 단지, 전 남자친구가 어떤 결과의 과정에 영향이 없다고 보긴 힘들지 않을까요?"

"죄송하지만, 무슨 말씀하시는 건가요?"

"그 일 자체에 대해 그 사람의 잘못을 운운할 순 없겠죠. 그건 좀 그러니까요. 다만 선혜가 혼자 속앓이를 하고 끼니도 잘 챙겨 먹지 못했어요. 그리고 수산 씨를 알게 된 건데, 그사이에 아픈 일이 있었잖아요."

"…, 가연 씨. 선혜 얘기를 들려주셔서 감사드려요. 이런 말씀, 기분 나쁘실지 모르지만 제가 뭔가를 해야 하는 것일까요? 제가 당장 뭔가를 하긴 어려운 것 같아요."

가연 씨가 몇 초 침묵하다 말했다.

"죄송해요, 수산 씨. 선혜가 또 힘들길 바라지 않아서 정말 옆에 있는 친구로서 도와주고 싶은데, 결국 선혜가 결정할 부분이고, 친구인 제가 해주는 말, 조언으론 안 되는 것 같았어요. 그리고 저도 저의 인생이 있고, 지난 일 년 동안의 힘겨움을 저로서도 느꼈거든요. 그래서…, 현실적으로 제 도움으론 도움이 닿지 않으니까, 고민을 하게 됐어요. 내가 선혜를 도울 수 있는 남은 방법이 더 있을까. 도움이 될지 안 될지는 모르지만…, 그게 수산 씨의 입장에선 실례가 된다는 것을 알아요. 죄송해요, 수산 씨."

"예."

그러면서 나는 말없이 고개를 끄덕였다. 긍정도 부정도 없는 마음이었다. 조금 곰곰이 생각할 시간이 필요하다는 게 지금 들어차는 다른 생각들보다 우선적이었다.

"가연 씨 하실 말씀이 끝났다면 이만 자리에서 일어나야 할 것 같아요."

"그러시겠어요? 그럼 일어나죠."

・・・

가연 씨와의 짧고 굵은 대화를 끝내고서 나는 차를 타고 집에 돌아왔다.

시간을 보니 아직 부모님께서 퇴근 전이시다. 나는 식탁 앞에 앉아 가연 씨와의 대화를 다시 생각했다. 조금 머리가 복잡했다. 내가 선혜의 일에 너무 깊게 관여하는 것은 아닌지, 그렇지만 한편 가연 씨의 부탁대로 도울 수 있다면 도와야 하는 게 맞는 것인지. 마음속에서 줄다리기가 벌어졌다. 나는 고민을 하다가 마음의 줄다리기를 잠깐 지켜봤다. 그러다가 일어나고 있는 줄다리기를 무시하고 내 마음을 바라봤다. 나는 어떡하고 싶은지. 그래도 여전히 모르겠다. 명확한 답은 나오지 않았다. 답이 나오지 않음엔 뭔지 모를 두려움과 불안이 있는듯했다. 뭔지는 모르겠다. 잠시 그런 채로 가만히 있었다. 그러다 문득 선혜와 처음 만났던 날이 생각났다. 정원에서 처음 봤던 그때. 불어오던 바람결 따라 소리가 전해져 오는 듯했다. 이윽고 정원에 들어가 큰 나무 뒤를 돌아다보니 머리를 치고 있던 여자가 있었다.

나는 명상을 하듯 조금 긴 호흡을 들이쉬었다 내쉬었다. 그리고 폰을 들었다. 할 말이 정리되진 않았지만 선혜에게 전화를 걸었다. 신호음만 있었다. 그녀로부터 오늘 다시 연락이 올지 안 올진 모르겠지만, 전화를 걸었다.

나는 씻으려고 식탁 의자에서 일어나 욕실로 갔다. 샤워를 하고 나서 방에 들어왔다. 그리고 침대에 누워 아무 생각하지 않고 잠을 청했다.

· · ·

날이 지나고 저녁이 된 지금까지 선혜로부터 연락은 오지 않고 있다. 나는 집에서 계속 학부 책을 펴고 공부를 했다. 중간중간 쉬어가면서. 머리 한편으론 선혜가 신경 쓰였지만 눈앞의 공부에 집중했다.

아침부터 쭉 공부만 해오던 중에 낮에 전화가 두 통 왔다. 한 번은 과 동기 남자애에게 온 잘 지내냐는 간만의 연락이었다. 그로부터 두 시간쯤 지났을 때 동기 여자애에게 또 한 번 연락이 왔다. 이것저것 얘기를 나눴는데 복학은 언제쯤이냐는 안부 전화였다. 어제부터 유난히 연락이 많이 온다 싶었는데 친구들의 연락이 반가웠던 건 사실이다. 나는 친구들과 간만의 잡담을 나누고 다시 공부에 집중했다. 내가 보고 있는 챕터는 양적완화와 긴축재정에 관한 것이다. 양적완화를 하면 시중에 돈이 풀려 경기 활성화의 효과를 볼 수 있다. 긴축재정을 하면 소비가 억제되나 물가안정의 효과를 볼 수 있다. 둘 사이의 적절한 균형을 이루면서 경제성장을 향해 간다. 경제학에 관심이 있으면 거시경제학 공부는 재밌을 수도 있다. 내가 보고 있는 챕터에 이어서 책을 읽고 있는데, 책상 위에 올려둔 폰에 진동이 울렸다. 선혜였다. 나는 전화를 받았다.

"여보세요?"

"응, 나야. 어제 전화했던데?"

"요새 뭐 하고 지내나 싶어서."

"그럭저럭 잘 지내고 있어. 심심해?"

"아니, 공부 중이었어. 할 말이 있는데 좀 진지한 얘기야."

"응. 뭔데?"

나는 순간 내심 당황스러웠다. 막상 어떻게 말을 해야 할지 판단이 잘 서지 않았다. 잠깐 뜸을 들이다 나는 말했다.

"좀 기분 나쁠 수도 있는데 이런 얘긴 솔직하게 말해야 뒤에 뭔가가 없을 것 같아. 혹시 너 친구 중에 가연 씨라고 있어?"

"어. 왜?"

"어제 연락이 왔거든."

"잠깐 끊을게."

통화가 끊겼다. 그리고 약간 멍한 상태가 됐다. 일 분 후에 다시 전화가 와서 받았다.

"가연이가 뭐라 했는데?"

"그냥 너 힘들었던 얘기를 좀 들었어."

"그런데? 그냥 얘기해 줬으면 좋겠다."

"지금 누구 만나는 중이야?"

"안 만나. 그냥 연락이 오고 있는 것뿐이야."

나는 선혜의 말을 듣고 그가 어떤 이인지 물어볼지 말지를 짧지만 깊게 고심했다. 그러다 주저하는 맘을 뒤로 하고 물어봤다.

"혹시 이 말에 화난다면 미안한데, 그 사람 어떤 사람이야?"

"왜?" 선혜가 반문했다.

"어?"

"왜냐고."

"가연 씨한테 들었어. 있는 그대로. 별로 좋은 사람 같진 않던데. 가연 씨가 해준 말이 맞다면 말이야."

"네가 왜."

할 말이 없어졌다. 선혜도 아무 말이 없었다. 그런 채로 전화는 끊겼다.

폰을 책상 위에 올려놓고 가만히 앉아 있었다. 잠시간 이제 뭘 어떻게 해야 할지 고민하다가 고민할 게 없음을 깨닫곤 그냥 있었다. 가연 씨에겐 굳이 선혜와 통화했음을 알리진 않았다. 친구니까 아마 곧 연락이 갔을 거다. 둘 사이는 나도 모르겠다.

다시 책에 시선을 뒀다. 읽었던 부분을 이어서 읽고 노트에다 필기해 둔 내용을 필사했다. 별생각도 감정도 없이 읽고 써졌다.

계속 복습을 했다. 생각보다 아무렇지 않게 공부하게 됨에 나 스스로도 조금 신기했다. 그렇게 한 이십 분이 지난 것 같다. 갑자기 마음 한구석으로부터 불안이 고개를 든다. 또 목덜미 쪽으로부터 긴장감이 돌았다. 나는 조금씩 밀려오는 이 불안한 감정이 선혜의 일과는 무관하다는 것을 안다. 그것은 이성적으로 생각해 알아차릴 수 있는 것이다. 불안의 강도가 약간 높아져 온다.

어제부터 알게 모르게 스트레스를 받은 것 같다. 이 불안함은 내 안 어딘가에 서려 있던 것이다. 그게 특정 상황에 이상하게 물리면서 시작되는 것일 뿐이다.

이 불안함이 가끔 그래왔던 것처럼 내 속에서 특정한 단어로 탈바꿈됐다. 불안하게 가슴을 툭툭 치는 단어가 됐다. 나는 손을 놓고 있을 수 없었다. 이 말을 봐줘야 할 것 같다. 불안을 가라앉힐 목적으로, 나는 가슴을 치는 말에 대해 있는 그대로 생각과 감정을 필사하던 노트에 고스란히 써보기 시작했다.

'인간다움'

왜 이 단어가 떴는지는 뚜렷한 이유가 없다. 마음이 사람이라면 물어보고 답을 쉽게 얻을 텐데.

계속 쳐대는 이 언어에 두려움이 느껴진다. 인간다움이라 하면 보통 밝고 따스한 느낌인데 지금 쳐대는 말은 위기다.

인간다움이란 뭘까. 모르겠다. 굳이 깊게 생각하고 싶지도 않은 게 솔직한 내 마음이다.

다만 지금의 일시적인 상태 중의 말엔 두려움이 껴 있고, 그런 '인간다움'이란 단어 속엔 그 끝이 죽음이란 것을 걱정하는 감정이 있는 것 같다. 그게 두려움이고 그 말을 아프게 하는 것 같다.

그러니까 나는 나도 모르게, 죽는다는 걸 두려워하고 있는 것일까…?

내 안은 불안했지만 그걸 손끝으로 정리하여 적는 과정에서 감정은 글에 옮겨갔다. 완전히 감정이 사그라지진 않았지만 꽤 많이. 노트를 덮고, 의자에 등을 기댔다. 한숨을 쉬고 깍지 낀 두 손을 앞으로 쭉 뻗으며 기지개를 켰다. 굳이 심각해질 이유는 없다. 부엌으로 가서 시원한 물 한잔을 했다. 식탁 의자에 앉아 발코니 창 너머로 밖을 좀 보다가 폰을 갖고 놀았다. 유튜브를 조금 보다가 다시 방에 들어가 공부를 이어 했다. 한 시간 정도 공부하다 피곤해서 책을 덮고 방 불을 끄고 침대에 누웠다. 폰을 보니 이제 막 아홉 시가 됐다. 눈을 감고 잠을 청했다. 잡생각이 들었다. 잠이 자연히 오겠거니 하고 가볍게 생각하곤 코로 숨을 쉬었다. 눈 감고 잠 청하는 중에 조금 신경을 쓰는 게 있다면 그저 호흡에만 집중하는 거다. 코로 들숨과 날숨을 쉬며 들숨과 날숨을 느꼈다. 그렇게 어느 정도 지나자 잡생각과 감정이 스르륵 가시는 것 같다. 약간 명상 상태가 된 걸까. 모르겠다. 잠은 아직 오지 않지만 그냥 누운 채 하던 걸 계속했다. 여전히 잡념이 떠 있지만 조금 거리가 있는 편이라 느껴져 내 가슴과 머리에 부대껴 있는 느낌은 들지 않는다. 그렇게 잠을 청하다가 다시 불쑥 생각이 들어왔다. 난데없이 들어왔다. 나는 조금 당황스러웠지만 그냥 호흡에 신경 쓰려 했고 그게 잘 안되면 불쑥 들어온 것을 그냥 지켜봤다. 그 생각에 내 생각을 넣지 않고 그냥 뭐라 하는지 보기만 할 목적으로.

불쑥 들어온 생각은, 이렇게 끝일까, 하고 말해왔다. 뭐가 끝인지 명확히 생각에 서려 있진 않는 것 같다. 그냥 지켜만 보니, 여러 생각과 감정이 섞여 느껴졌다. 선혜 생각이 났다. 병원과 호스피스, 선영 누나 생각도 났다. 섞여 있었다. 졸음과 별개로 좀 피곤했다. 그래서 피곤함에 힘입어 몰라, 하고 다시 호흡에 신경을 집중했다. 사그라지다 일어나다 다시 사그라지기를 반복하는 생각과 감정. 그렇지만 이젠 졸음이 슬슬 온다. 졸음이 왔다.

현관 쪽에서 도어록 열리는 소리가 들려온다. 신발소리와 부모님의 작은 대화소리가 들렸다. 졸음이 몰려와 뭐라고 하시는지 잘 안 들린다. 생각과 감정이 꺼지는 듯하다.

12

바퀴 구르는 소리가 들린다. 위로 형광 빛이 보인다. 여기가 어딘지 모르겠다.

바퀴 구르는 소리가 멈췄다. 문 열리는 소리가 들린다. 긴장이 된다.

긴장이 돼서 나는 고개를 들어 주변을 둘러봤다. 화이트 톤 벽, 은색 자동문, 그리고 마스크를 쓰고 계신 네 명의 간호사분들. 기억났다. 여기는 수술 대기실.

여긴 꿈일까? 혹시 옅은 자각몽 같은 걸까?

나는 고개를 뒤로 젖혔다. 대기실 문이 열린다. 그리고 문 앞에 서 계신 어머님의 모습이 차차 보인다. 내 기억대로 어머님은 울고 계셨지. 그런데 어머님의 얼굴은 매우 기쁘고 흐뭇하게 웃고 계시다.

나는 다시 머리를 뉘었다. 그리고 누운 채 주변을 이리저리 둘러봤다.

주위의 간호사분들이 이제 침상을 안으로 넣을 것이다. 간호사분들이 수술실 문을 열었다. 아직 침대는 들어가지 않았다.

  나는 머리를 들어 올려 앞쪽 수술실을 봤다. 수술 집도의 선생님께서 마스크를 쓰고 계시지 않고 있다. 이쪽을 보고 활짝 웃고 계신다. 뭐지? 이런 건 없었는데.

  침대를 그대로 두고, 간호사분들이 수술실로 모두 들어갔다. 그리고 자리를 잡고 이쪽을 보며 마스크를 모두 벗었다.

  이제 수술을 시작해야 할 텐데 왜 마스크를 오히려 벗지? 모르겠다. 마스크가 벗겨진 간호사분들의 표정은 웃고 계시고 얼굴은 모두 밝으셨다. 수술실 안 모두의 얼굴이 밝다 못해 광채가 나는 것 같다.

  나는 고개를 옆으로 돌렸다. 그녀의 침상. 비로소 그녀를 봤다. 그녀가 고개를 돌려 나를 바라봤다. 얼굴이 온화하다. 작은 미소를 한번 띠고 천장을 바라본다. 그리고 두 손을 모으고 말한다. 근데 소리가 안 들린다. 천천히 그녀가 말한다. 그 소리는 들리진 않지만 보인다.

  입 모양이 보인다. 나는 그 입 모양을 보고 천천히 그 소리를 따라 해보았다. 그녀가 말한다.

  "좀 더…, 더욱…, ……."

  그녀가 말하고 나는 보고 곧바로 말해봤다.

  "좀 더…,"

  "좀 더 온전히?"

  "더욱…,"

"더욱 온전히."

"……."

"사랑하게 해주십시오."

∙ ∙ ∙

눈이 뜨였다.

침대에서 일어나 나는 방금 막 꾸었던 꿈을 생각했다. 아직 꿈결이 남아 있다. 내 기억을 토대로 꾸었던 꿈속에서 보았던 모든 광경을, 그 광경 속 분위기와 얼굴을 곱씹을 때 입가에 자연히 맴돈 말은 축제, 라는 말이었다. 어쩐지 모두 수술실임에도 불구하고 축제 속에 들어가는 듯, 축제를 준비하는 것 같은 얼굴 같았다. 이게 어떤 꿈인지.

부엌에서 부모님의 대화소리가 들린다. 나는 폰을 확인해 봤다. 오늘은 토요일, 주말이라 부모님이 쉬시는 날이다. 잠깐 벽에 상체를 대고 침대 위에 가만히 앉아 있었다. 다시 꿈 생각을 했다. 그녀의 말, 꿈에서 분명히 보고 알았다. 그녀가 했던 말을 한동안 기억하지 못했다. 하지만 다시 알았다.

마음이 편안해지며 부드러운 힘이 느껴졌다. 그리고 거의 동시에 내 마음속에 은은한 불안과 내키지 않는 감정이 떠올랐는데, 부드러운 힘이 이 침대처럼 내 맘을 지탱해 주는 것 같았다. 용기가 났다. 두려움이 없진 않았지만 나아갈 수 있을 것 같다. 나는 침대에서 일어나 방문을 열고 나갔다.

부모님은 나를 보고 잘 잤느냐고 웃으며 말해오셨다. 나는 인사를 드리고 식탁 의자에 앉았다. 부모님은 서로 마주 앉으신 채 식사 중이셨다. 어머니가 밥 먹어야지, 하고 말해오셔서 먹겠다고 말씀드렸다. 어머니가 내 식사를 차려주시는 동안 아버지와 가벼운 대화를 나눴다. 잡담이었다.

이윽고 어머니가 밥상을 차려주셨다. 나는 숟가락을 들지 않고 두 손을 내린 채 잠시 가만히 있었다.

"드릴 말씀이 있어요."

그게 내 첫 말이었다. 마음의 용기에 힘입어 드린 첫 말이었다. 나는 부모님의 얼굴을 한 번씩 쳐다보곤 담담히 말하기 시작했다. 부모님께서도 내가 자원봉사를 신청했던 과정과 호스피스 병동에서의 봉사는 이미 알고 계시다. 봉사를 그만둔 후의 시간까지 사이의 공백에 대해서 무슨 일이 있었는지 나는 담담하게 말씀드리기 시작했다.

생각보다 담담하게 말이 나왔다. 딱히 좋고 나쁜 마음의 감정 없이. 부드러운 용기만 내 마음과 함께였다.

부모님은 그저 듣고 계셨다. 딱히 표정의 변화 없이. 아니 조금 부드러운 표정과 함께. 이윽고 내 말이 다 끝나고 잠깐 식탁 주위에 침묵이 흘렀다. 그리고 잠시 후 부모님께서 말씀하셨다.

"알고 있었다." 아버지의 첫 말씀이었다.

"그때 의사 선생님께서 그 일 후로 집에 연락을 주셨어. 그래서 알고 있었지만 시간이 필요할 거라 생각했다." 어머니의 말씀이었다.

나는 놀랄 수밖에 없었다. 그런 일이 있었을 줄 생각도 못 하고 있었다. 혼자만 담고 있어야 된다고 은연중에 생각했다. 눈물이 났지만 숟가락을 들었다.

부모님은 식사를 끝내신 채지만 내가 식사를 하는 동안 식탁에 앉아 함께 대화를 했다. 과거의 얘기는 잠깐만 더. 그리곤 간만에 가족 모두 즐겁고 편안한 잡담을 나누며 웃고 떠들었다.

...

식사를 마치곤 나는 양치를 하고 방에 들어왔다. 책상 위에 있는 전공 책을 한번 보곤 편안한 맘으로 침대에 앉았다. 조금만 쉬다가 공부할 생각을 했다. 나는 침대에 놓아둔 폰을 열어봤다. 그런데 다이렉트 메시지가 와 있는 것이었다. 바를 내려 보니 가연 씨에게 메시지가 와 있었다. 나는 확인해 봤다.

- 수산 씨. 메시지 드릴까 말까 정말 고민 많이 했었는데, 어젯밤에 선혜가 다쳤어요. 저는 지금 선혜가 입원한 병원에 와 있어요.

메시지를 보고 바늘에 쿡 찔린 듯 순간 가슴이 아파왔다. 선혜에게 무슨 일이 생겼는지 모르지만 걱정이 됐다. 나는 가연 씨에게 선혜가 있는 병원과 입원실을 물어봤다. 지금 선혜에게 가 있는 가연 씨가 메시지를 준 걸 보면 내가 선혜를 찾아가도 괜찮을 거라고 판단했다. 곧바로 가연 씨에게서 선혜가 있는 병원과 입원실이 어디인지 답장이 왔다. 선혜는 우리가 처음 봤던 그 병원에 입원해 있었다. 응급실에서 정형외과 입원실로 막 옮겼다고 했다. 나는 지금 가겠다고 가연 씨에게 메시지를 보내고 방 밖으로 나갔다.

부모님께 친구를 만나고 오겠다고 말씀드린 후 욕실로 들어가 씻었다. 그리고 좀 더 깔끔한 옷으로 갈아입고 집을 나섰다.

차를 몰고 선혜가 있는 병원으로 향했다. 차는 딱히 막히지 않았고 신호도 잘 받았다. 덕분에 빨리 병원에 도착할 수 있었다.

병원 지상주차장에 주차를 하고 나는 주차장 층계를 내려 병원을 향해 걸어갔다. 병원 내로 가는 길에 선혜와 처음 만났던 인공정원이 눈에 들어왔다. 여러 감정이 들었지만 가시 선혜를 보는 게 더 우선적인 마음이라 여러 감정엔 신경을 두지 않으려 했다. 병원 1층 로비로 들어가 병원 구역 약도를 띄워주는 전자 간판으로 향했다. 정형외과 입원실을 찾고 나는 엘리베이터를 탔다. 그리고 입원실을 찾아갔다.

8인실 안에 들어서자 창가 바로 앞 침대에 앉아서 창밖을 보고 있는 선혜가 보였다. 선혜는 한쪽 무릎을 세우고 두 팔로 세운 무릎을 감싼 채 창밖을 바라보고 있었다. 쭉 펴고 있는 다른 한쪽 다리엔 붕대가 감겨 있었다. 다른 환자분들 네 분이 더 계셨다. 나는 선혜에게로 갔다. 내가 선혜에게 가까이 가자 선혜도 인기척을 느꼈는지 내 쪽으로 고개를 돌렸다. 그리곤 선혜가 약간 떨리는 목소리로 말했다.

"어…, 왔어?"

"괜찮아…?"

선혜는 다친 다리를 바라봤다. 하얀 붕대가 거의 종아리까지 감겨 있고 파란색 보호대가 붕대 위로 발목에 감겨 있었다.

"크게 다친 건 아니야. 한동안 걷기 힘들겠지만. 앉을래?"

그러면서 선혜는 보호자용으로 구비된 바퀴 달린 고동색 가죽 의자를 바라봤다. 나는 의자에 앉으며 선혜에게 물어봤다.

"발목 다친 거야?"

"어. 골절됐대."

"그렇구나…, 아팠겠다." 그렇게 말하면서 나는 선혜의 다친 발목을 바라봤다. 그러다 주변을 훑어보며 말했다. "그런데 혹시 가연 씨는? 연락받고 왔거든."

"좀 전에 갔어."

나는 고개를 끄덕였다. 선혜는 그렇게 말하고서 옅게 입가를 올리며 창가를 향해 고개를 돌렸다. 나도 창가를 바라봤다. 침상 머리판부터 발판까지 길고 넓게 퍼진 창문으로부터 밝은 자연조

명이 들어왔다. 옅은 코발트블루 톤 방염 커튼은 창 끝 양옆으로 매듭지어 잘 정리되어 있다. 조금의 어색함을 견디고 나는 조심스레 선혜에게 물었다.

"어쩌다가 다친 거야?"

음, 하며 선혜는 조금 생각에 잠긴 표정이 됐다. 선혜는 다른 환자 침상들 사이를 분리하는 레일 커튼을 좀 쳐달라고 말했다. 나는 레일 커튼을 침상 발판까지 치곤 다시 의자에 앉았다.

"어제 저녁에 너랑 통화하고 나서 조금 많이 생각에 잠겼어. 너도 가연이에게 내 얘기를 들어서 알겠지만…."

그렇게 말하고서 선혜는 말을 멈췄다. 잠시 후 얘기를 이었다.

"그 남자애 연락에 답장을 안 하고 있는 상태야. 최근에 연락이 왔을 때 몇 번 톡은 했지만 이틀 전부터 답은 안 했어. 근데도 마음은 계속 복잡했어. 그랬는데 어제 너하고 통화하고 나서 더 마음이 힘들어졌어. 왜 그런지는 나도 잘 모르겠어. 그래서 마음이 너무 답답하고 복잡해서 그냥 어디든 가고 싶었어. 집 가까이에 있는 공원으로 무작정 달렸지. 밤이어서인지 아무도 없었어. 그리고 거기에 암벽등반이 있거든."

선혜는 침상 옆의 갈색 수납함 위의 생수통을 들고 물을 입 한가득 크게 한 모금 마셨다. 그러고 나서 말했다.

"무작정 암벽등반을 했어. 좀 오르다가 더 이상 잡을 데가 없었어. 아니 정확히는 잘 보고 홀드를 잡아야 했는데 마음이 답답해서 조급하게 잡고 올랐던 거야. 그 위에 올라 있는 상태에서 얼마 동안인지 잘 모르지만 그대로 있었어. 아마 얼마 되진 않았을 거야. 그리고 그대로 떨어졌어. 착지를 할 때 다친 다리가 많이 지탱이 된 것 같아."

"아파서 발목을 붙잡고 누워 있다가, 울다가 앰뷸런스를 불러야 된다는 생각이 들어서 앰뷸런스 불렀어."

선혜는 가만히 침대 발판을 바라봤다. 나는 조용히 듣기만 했다. 선혜가 생수통 뚜껑을 열었다, 닫았다 하며 말했다.

"왜 그렇게 답답했지? 개랑 끝난 지 한 달이 조금 넘어서밖에 안 돼서 그런가? 개랑은 아닌 걸 알고 있는데."

선혜의 얘기가 끝난 후 나는 무슨 말을 선뜻 해야 할지 몰라서 잠깐 침묵을 지켰다. 짧은 침묵 후에 나는 말했다.

"그럴 수 있지. 마음이 자기 마음 같지 않을 때가 있잖아. 그래도 크게 다친 건 아니라서 다행인 것 같아. 그리고 미안해."

선혜는 손사래를 치며 말했다.

"아냐. 이건 내 문젠데 뭘. 내가 미안하지."

아냐, 내가 미안해, 하곤 나는 멋쩍게 웃었다. 멋쩍은 웃음이 그냥 또 나왔다.

선혜랑 조금 더 조곤조곤한 대화를 나눴다. 깊지 않은 얘기, 큰 의미 없는 얘기, 어쩌다 커튼이 대화 주제가 되면 커튼 재질에 대한 얘기를 하다 커튼의 코발트블루 톤 색깔이 예쁘다, 별로다, 그리고 색 얘기에서 바다로 화제가 갔다. 그러다 언제 한번 바다로 놀러나 가자는 가벼운 약속도 생겼다. 소소한 얘기에서 누구나 으레 그렇듯 우리는 자연스러운 잡담을 나눴다.

　대화를 나누다 보니 어느새 점심시간이었다. 병원 직원 아주머니께서 스테인리스 배식 차를 끌고 오셨다. 선혜가 레일 커튼을 다시 정리해 달라고 해서 정리했다. 직원 아주머니께서 각 환자들에게 식판을 옮겨주셨다. 아주머니께서 선혜의 식판을 들고 오시자 나는 침대 발판 쪽에 젖혀져 있는 탁상을 올려주었다. 식판은 밥과 소고기뭇국과 김치, 감자조림과 오이무침으로 차려져 있었다. 선혜가 숟가락을 들려 할 때 나는 나도 병원 1층의 구내식당에서 식사를 하고 오겠다고 했다.

　입원실을 나오면서 나는 폰을 확인해 봤다. 열두 시를 이제 조금 넘긴 시간이었다. 밥을 먹으려고 나왔지만 딱히 배가 고프진 않다. 그냥 1층 병원 구내 카페에 가서 커피 한잔을 하고 싶다. 나는 엘리베이터를 타고 내려가 카페로 향했다.

　카페에 도착해 아이스 아메리카노를 한 잔 시키곤 아무 자리나 가서 앉았다. 다리를 꼬고 턱을 괸 채 편안하게 커피를 마셨다. 커피를 마시며, 카페 바닥의 베이지색 세라믹 타일을 바라보며 멍때렸다. 잠깐 동안 멍을 때리다가 오늘 아침의 부모님과의 대화를 생각했다. 가연 씨의 연락을 받고 이 병원에 오기까지는 선혜를 볼 생각 외엔 다른 생각을 거의 하지 못했다. 그런데 선혜를 일단 보고 난 지금, 그제야 아침에 부모님과 했던 대화부터 병원에 도착해 잠깐 들었던 여러 감정들이 다시 생각났다.

부모님은 수술 집도의 선생님께서 당신들께 이미 연락을 주셨다고 했고, 나는 오늘 그 사실에 많이 놀랐다. 수술 집도의 선생님께 감사한 마음이 들었다. 문득 지금 찾아뵐까, 싶은 마음이 든다. 그때 부모님께 연락을 주셨는지 몰랐다고, 감사하다고 이제라도 말씀을 드리고 싶었다. 하지만 어떻게 만날 수 있을지는 모르겠다. 선생님의 진료실은 알지만 지금은 점심시간이고 점심 후엔 예약환자들로 차 있을 텐데.

나는 커피를 꿀꺽꿀꺽 삼켜 다 마셨다. 자리에서 일어나 잔을 반납하고 카페 바로 맞은편에 있는 편의점으로 가서 작은 선물용 주스 한 박스를 샀다. 그리고 엘리베이터로 향했다.

선생님을 어떻게 만날 수 있을지는 여전히 미지수지만 우선은 선생님의 진료실을 찾아가 봐야겠다 싶었다. 아마 점심 후에 예약환자들로 꽉 차 있을 거다. 그래도 일단은 가봐야 어떻게 될지 알 수 있을 것 같다. 될 일은 된다고, 어떻게든 만날 수 있을지도 모른다. 나는 어느 정도 운에 기댄 심정으로 걸어갔다. 못 만난다면 그것 또한 어쩔 수 없는 일이라 생각했다. 아니 실은 약속을 잡은 게 무엇도 없으니 만나지 못하는 게 더 순리란 걸 안다. 그래도 운에 기대보기로 했다.

나는 엘리베이터를 타고 선생님의 진료실이 있는 층에 내렸다.

조금 걸어 신장내과로 들어갔다. 과 내 진료 대기실엔 점심시간이어서 간호사분들이 계시지 않았다. 미리 와서 진료를 기다리시는 사람들이 몇 분 앉아 계시고, 세 개의 진료실 문 사이로 벽 위에 설치된 세 개의 모니터 속엔 각 선생님의 사진과 가득 찬 예약환자들의 이름이 떠 있었다. 내가 찾는 선생님의 모니터 속에 역시 예약환자들이 가득했다. 나는 폰을 확인했다. 오후 열두 시 삼십 분. 이제 조금 있으면 예약환자들로 대기실 안이 붐빌 거다. 선생님을 만나게 되더라도 잠시 시간을 내시긴 불가능하실 것 같다. 나는 체념하곤 뒤돌아섰다.

그리고 진료 대기실 자동문이 열렸다. 자동문 너머에서 마주 걸어 들어오시는 흰 가운의 어른이 나를 보고 계셨다. 이제 막 들어오시는 참 같았다. 선생님을 보고 나는 순간 말문이 사라져 버렸다. 막상 어떻게 인사를 드려야 할지, 왜 찾아왔는지, 무슨 말씀으로 말을 꺼내야 할지, 이 주스 박스는 어떻게 드려야 될지 떠오르지 않았다.

"오랜만이구나."

선생님께서 옅게 빙그레 웃으시며 말씀하셨다.

선생님의 미소와 말씀에 나는 얼떨떨한 마음이 됐다. 긍정적인 당황스러움이 채 가시지 않았지만 나는 떨리는 목소리로 여쭤봤다.

"안녕하세요, 선생님. 그, 아직 점심시간인데…, 일찍 오셨네요…?"

"진료실에서 쉬려고 했다. 나 보러 온 거니?"

그렇게 말씀하시며 선생님께서 내 손에 들린 선물용 주스 박스를 한번 바라보셨다. 여전히 입가에 미소를 띠신 채. 선생님의 한 손에 믹스커피를 탄 종이컵이 들려 있었다.

"네, 선생님 뵈러 왔어요. 예약을 하지 못했지만 실례를 무릅쓰고 찾아왔어요."

"들어오려무나."

이윽고 진료실에 들어갔다. 선생님께서 커피잔을 책상에 놓으시며 자리에 앉으시고 나도 맞은편에 앉았다. 익숙한 냄새가 난다. 감색 책상, 인체모형, 컴퓨터. 깔끔한 진료실. 선생님 등 너머 창문 선반 위에 놓인 황토색의 둥근 화분 속에 심어진 작은 다육식물이 편안함을 준다. 진료실 안이 편안하다.

선생님께서 가운을 벗어 의자에 거셨다. 그리고 다시 나를 보셨다. 나는 책상 위에 공손히 주스 박스를 올렸다. 선생님 드시라고 사 왔다고 말씀드렸다. 선생님께선 고맙다고 말씀하셨다.

"그래, 찾아온 이유가 뭐냐?"

선생님께서 두 손을 책상 위에 올려 포개두시곤 선물을 한 번, 그리고 나를 바라보셨다. 인자하신 얼굴을 하신 채. 나는 약간 뜸을 들였다. 어쩐지 선생님께서 내가 찾아온 이유를 눈치 채고 계신 것 같다. 나는 조심스레 말씀을 드리기 시작했다.

"오늘 아침에 부모님께 그 사실을 들었어요. 제가 그때 그 일이 있던 후로 저는 혼자만 안고 있었거든요. 선생님께서 부모님께 이미 연락을 주셨는지는 알지 못했어요. 그래서 오늘 그 소식을 부모님께 듣곤 많이 놀랐어요. 부모님은 제가 스스로 입을 열 때까지 그저 기다려 주셨어요. 어쩌면 저를 위하는 다른 방법들이 있을지 모르지만, 부모님은 제가 말을 할 때까지 기다림으로 존중해 주신 것 같아요. 그래서 선생님께 감사하다고 인사드리고 싶었어요. 제가 잘 몰랐지만 아픔에 알게 모르게 보호를 받은 것 같아요. 감사드립니다, 선생님."

선생님께서 지그시 나를 바라보셨다. 미소를 지으신 채 잠깐 나를 바라보시다 말씀하셨다.

"그래, 고맙구나. 네가 이렇게 찾아와 주니 나도 고마운 마음이 든다. 다행이란 생각도 말이야. 부모님 많이 걱정하셨을 게다. 나도 가슴 한편으로 네 걱정하는 맘이 있었다. 이렇게 와주어 참 다행이고 고맙다."

"네, 감사합니다."

하고 나는 멋쩍게 웃었다. 아주 잠깐 가만히 앉아 이리저리 진료실 안을 둘러보다 이만 일어나야 할 것 같아 인사를 드렸다.

"선생님, 이제 일어나볼게요."

"그래, 이만 가보렴."

나는 의자에서 일어났다. 선생님께 다시 한 번 감사드린다고 고개 숙여 인사드린 후 돌아서 진료실 문을 열려고 했다. 그때

"잠깐." 하고 선생님께서 나를 불러세우셨다. 나는 다시 선생님을 돌아봤다.

"나도 답례를 해야지. 줄 게 이것밖에 없구나." 하시며 선생님께선 책상 서랍을 여셨다. 그리고 포장되어 있는 조그만 마카롱 하나를 꺼내 건네주시며 말씀하셨다. "행복하렴."

나는 마카롱을 받으며 다시 감사드린다고 인사했다. 편안한 기쁨을 가슴에 담은 채로 진료실을 나왔다.

・・・

신장내과를 나와서 나는 병원 복도 계단을 타고 1층으로 내려갔다. 선생님과의 편안했던 잠깐의 대화를 가슴으로 곱씹으면서. 마음에 편안한 기운이 돈다. 계속 층계를 내려 1층에 다다랐을 때 나는 문득 가보고 싶은 곳이 생겨 다시 걸음을 올렸다. 몇 층을 올라가 층계참 문을 열고 병원 복도를 걸어갔다. 걸어가면서 이런저런 생각을 했다. 여러 생각들을 하며 내 마음이 편안하게 이끄는 곳에 나는 발걸음을 협력시키듯 걸어갔다. 이윽고 도착한 장기이식센터 앞에서 나는 걸음을 세웠다.

나는 넓은 투명 자동문으로 혹여나 오가는 사람들에 피해를 주지 않기 위해 열리지 않는 문 한쪽에 딱 붙어 섰다. 나는 굳이 안을 들여다보지 않았다. 그냥 장기이식센터, 라고 걸린 전자 간판을 보며 있을 뿐이다. 내가 여기로 온 것은 '그녀'에 대한 생각이 나서다. 그녀의 마지막이 생각났다. 오늘 꾸었던 그녀의 마지막의 기억을 토대로 한 꿈도 생각났다. 그녀는 마지막에 사랑을 얘기했고, 그녀가 실제로 했던 유언을 꿈에서 다시 알고 되찾았다. 왜 그 꿈이 꾸어졌던 걸까, 나는 이유를 모른다. 내가 마음속으로 은연중에라도 그녀를 생각해서 그럴까? 오늘 꿈을 꾸고, 선혜를 병문안하고 드는 생각은, 돌이켜보면 늘 그녀가 내 마음에 함께한 것 같단 것이다. 선혜를 처음 인공정원에서 본 그날 연락처를 주고받던 그때 그녀가 떠올랐다. 선혜와 시내에서 첫 점심식사를 했던 날 선혜의 얘기를 들을 때도 그녀가 떠올랐다. 선혜를 집에 초대했던 날 선혜의 사연을 들을 때도 그녀가 떠올랐다. 그녀는 내가 알게 모르게 마음속으로 두려워하고 서성댈 때 떠오르고, 찾아왔다. 그리고 오늘은 특별한 꿈을 꿨다. 그녀가 이따금 떠올랐던 기억들 속에 오늘 꾸게 된 꿈이 스미는 것 같다. 그녀가 이따금 떠올랐던 건 나에게 무언가를 알려주는 것이었을까. 또 도와주는 것이었을까. 전해주는 것이었을까. 그녀의 유언을. 사랑을.

갑자기 불안감이 움튼다. 혹시 마음에 어떤 무리를 가한 걸까? 난데없이 가슴과 목뒤 신경으로부터 긴장감이 감돌았다. 조금씩 점점 불안하다. 그런데 지금은 종이와 펜이 없다. 가장 빠른 수단이 1층 편의점으로 가 노트와 펜을 사는 거다. 그렇지만 거기에 가기까지 불안을 견뎌야 한다.

 고민을 하다, 나는 조금씩 올라오는 강도의 불안에 편히 숨을 고르기 위해 센터 문 옆으로 난 복도의 창문으로 갔다. 다행히 열려 있는 창문 앞에 서서, 숨을 고르게 쉬려고 애썼다. 불안이, 계속 느껴진다. 나는 계속 느껴지는 감정을 그저 느끼며 숨을 골랐다. 그러는 중에 가슴 깊숙한 곳에서 이윽고 말이 올라왔다. 그런데 좀 이상했다. 올라오는 말이 어떤 단어가 아니었다. 그리고 불안감이 드는 와중에 편안한 말이었다. 나는 속에서 올라오는 그 말을 순응하듯 따라 말했다. '다 괜찮다고, 괜찮다고, 괜찮아.'

 그렇게 속으로 말하고 있는데 창밖으로부터 바람이 불어왔다. 부드러운 미풍이 내 얼굴을 감싸듯 불어왔다. 그리고 그때였다. 무언가가 훅, 하고 순식간에 밑으로 꺼져버리는 느낌이 들었다. 한동안 나를 수시로 괴롭혔던 목덜미로부터 느껴지던 불안이 등줄기를 지나 다리를 거쳐 발끝으로, 도망쳤다.

 그리고 그 순간 가슴이 따뜻해져 왔다.

 나는 주위를 둘러봤다. 병원 벽, 복도, 지나가는 사람들. 손끝이 약간 떨린다. 하지만 이 떨림은 불안의 떨림이 아니었다. 설렘의 떨림이다. 무언가 새로워진 느낌이 나를 감싸 안고 있는 것 같다. 나는 천천히 복도를 걸어보았다. 걸어가면서 눈에 들어오는 것을 그저 봤다. 하얀 창틀, 미색 벽, 눈앞으로 보이는 천장의 등들, 복도 저 끝에 설치된 정수기, 지나다니는 사람들. 천천히 걸어가

다가 나는 다시 층계참으로 향했다.

 층계참 문을 열고, 계단을 보며 또 천천히 내려갔다. 그리고 1층 로비로 향했다. 로비로 나오니 수많은 인파가 보인다. 나는 사람들과 부딪히지 않을 적정한 속도로 조금은 느리게 로비를 가로질러 걸었다. 많은 사람들, 창구와 창구 직원분들, 무인수납기기와 봉사자분들, 로비에 설치된 의자들. 한 걸음 한 걸음 걸어가는데 신기했다. 불안과 불안할지도 모른다는 불안이 상실된 느낌 속의 걸음은 신선한 느낌이었다. 눈에 보이는 세상도 마찬가지였다. 아주 어릴 적, 내가 잘 기억하지 못하지만 이제 막 걸음마를 떼고 세상을 바라본 기분이 이런 느낌이었을까. 너무 늦지 않게 천천히 걸어가면서 시야와 걸음은 차차 익숙해져 가는 듯했다. 새로운 느낌에서 익숙하고 평범함으로. 내가 살던 익숙한 세상이 이런 새로움을 감추고 있었을까, 하는 생각을 가볍게 해봤다.

 로비를 거의 다 지나치면서 다시 선혜 생각이 났다. 나는 폰을 확인해 봤다. 오후 한 시다. 슬슬 선혜에게 다시 가봐야 할 것 같다. 그런데 다시 선혜의 병실로 들어갈 때는 왠지 그냥 들어가고 싶지가 않다. 어떤 힘이 되는 무언가를 들고 가고 싶다. 나는 잠깐 고민했다. 그럼에도 어떻게 해야 할지를 모르겠다. 누군가에게 어떻게 하면 좋을지 물어보고라도 싶은데, 나는 선혜의 아픔에 어떤 좋은 말로 어떻게 위로를 해줄 수 있는지 조언을 구할 사람을 알지 못한다.

　나는 잠시 그렇게 고민하며 1층 병원 내 상가들이 있는 복도를 걸었다. 그렇게 걷고 있는데 문득, 머릿속에서 진영이 떠올랐다. 진영과 함께 머리를 맞대며 고민했던 순간이 기억났다. 그리고 나는 곧 마음을 먹었다. 편지를 쓰자, 그녀가 힘들 때마다 꺼내 읽어볼 수 있도록.

　나는 편의점에 들어가 펜과 편지지를 사고 곧장 카페로 갔다. 이번엔 레몬차를 시키곤, 자리에 앉아 테이블에 편지지와 펜을 놓고 잠시 편지지와 펜을 가만 바라봤다.

　이윽고 나는 펜을 들었다. 하고 싶은 말이 영감으로 자연히 들었다. 나는 진심을 담아 영감을 편지지에 옮겨가기 시작했다.

•••

　마음을 담은 편지를 쓴 후 나는 편지지를 접어 편지봉투에 넣었다. 편지를 쓰는 동안 레몬차를 한 모금도 마시지 않았다. 나는 차를 꿀꺽꿀꺽 삼켜 다 마셨다. 편지와 펜을 챙기고 자리에서 일어났다. 잔을 반납하고 나는 선혜가 있는 병실로 향했다.

　이윽고 나는 선혜가 있는 병실로 들어갔다. 선혜는 침대 등을 약간 세워놓고 기대앉아 폰을 보고 있었다. 나는 선혜 침상으로 다가가며 말했다.

"식사 잘했어?"

선혜가 폰을 침대 한쪽에 놓고 나를 돌아보며 말했다.

"어. 넌 잘 먹었어? 밥 먹는 데 불편할까 봐 일부러 연락 안 했어."

"응, 나도 배부르게 먹고 왔지." 나는 밥을 먹지 않았지만 먹었다고 말했다. 그리고 가죽 의자에 앉으며 물었다.

"퇴원은 언제야?"

"빠르면 내일? 조금 지켜보고 수술 안 해도 되면 그냥 퇴원이야."

"그렇구나. 저기," 나는 외투 주머니에서 편지봉투를 꺼내며 말했다. "이거 너 생각하면서 쓴 거야. 나, 가고 한번 읽어 봐."

선혜가 웃는다. 편안한 웃음. 선혜는 편지를 폰 옆에 뒀다.

"괜찮아?" 하고 나는 선혜에게 다시금 물어봤다. 선혜는 자기의 다친 발을 한번 보며 말했다.

"너무 걱정하지 마. 잘 하면 내일 퇴원이라니깐."

"그래. 그럼 나는 이만 일어나 볼게."

"그래, 그래, 가봐. 와줘서 고마워."

나는 의자에서 일어났다. 다친 선혜는 앉은 채로 손을 흔들었다. 나는 가려다가 점심시간 때 찾아뵌 수술 집도의 선생님께 받은 마카롱이 생각나 외투 주머니에서 마카롱을 꺼냈다.

"아, 참. 이거 반 나누자." 하며 나는 마카롱 포장을 뜯고 마카롱을 반으로 쪼개 한쪽을 선혜에게 건넸다. 그리고 약간 혼잣말 하듯 선혜에게 말했다. "행복은 나눈다고 쪼개지지 않을 거야."

"뭔 소리야?" 선혜는 약간 엉뚱한 소리를 한다는 표정이었다. 나는, 아냐, 하고 피식 웃었다. 그리고 인사하고 병실을 나왔다. 선혜가 편지를 꺼내 보는 모습을 보고 싶어, 병실을 나와 복도에 잠깐 서 있다가 살짝 고개를 내밀어 병실 안을 들여다봤다. 선혜가 침상 발판 쪽의 탁상을 올리고 내가 준 편지를 올린다. 그리고 편지봉투를 뜯기 시작한다.

너를 위해 편지를 써.

그냥 내 일상을 공유하며 너에게 말하고 싶어.

・・・

한 날, 산에 가는 길이었어. 하늘에 나는 새들을 보는데 참 좋아 보이더라. 얼마나 자유로워 보이던지.
또 한 날은 조금 오래된 집 처마에 둥지를 튼 새들을 보았어. 무슨 종류의 새인지는 잘 모르겠지만 새끼 새들이었어. 무척 작고 귀여웠지.

내 일상 중 산에 가는 날들에 몇 번 그 둥지를 바라보았는데 어느 날인가부터 새들의 수가 줄기 시작하더라. 점점 크면서 이제 날아간 거겠지. 자신들의 더 큰 세상을 향해.
참 멋지다, 싶었는데 작은 새 한 마리는 계속 그 둥지에 남아 있었어. 잘 모르지만 형제들 중 막내 새인가 싶기도 했어.
나는 속으로 그 작은 새를 응원했어.
날아가기를.
그리고 이제 안 보여.

한 날은 카페에 갔어.
카페에 간 날은 많지만, 그날은 여느 때와 달리 직원분이 커피를 타는 것을 보며 그런 생각을 했어.
저기 저 커피 원액 위로 계속 정수가 내리면 어떨까, 묽어지고 옅어지다 마침내 그냥 물이 되겠다, 싶었어. 우리들의 아픔이나 상처도 계속 좋은 걸 준다면 점점 묽어지고 옅어지지 않을까.

등산을 할 때 기억나?
고도가 조금 높은 어떤 산은 바라보는 것만으로 오르기 힘들 것 같단 생각이 들 때가 있어.
그리고 때때로 우리가 걸어가는 데 길이 아닌 벽처럼 다가올 때도 있지.
그 벽은 우리에게 말해,

'정말 올라보려고?'

'그냥, 거기 있지 그래?'

'또 오르려다간 넘어지고 말 텐데.'

그렇지만 마음의 눈을 뜨면 벽은 없었단 걸 알게 돼.

힘들 수 있지만 결코 못 오를 산이 아니란 걸. 결코 가지 못할 게 아니란 걸.

때론 길에 난 돌부리를 마주칠 때 걱정과 근심을 마주 보는 것만 같아.

하지만

저기-, 저 나를 다치게 할 것 같은 돌부리가

걸림돌인지

디딤돌인진 가봐야만 알 거야.

등산을 하며, 새들을 본 적 있어.

여러 종의 새들을 말이야.

확실히 새는 둥지를 벗어나 더 큰 보금자리에 있는 게 맞는 거구나 싶었어.

그들의 언어는 잘 모르지만,

산에서 지저귀는 지저귐은 참 아름답게 들렸어.

그 작은 새도 산에 왔을까?

분명 왔을 거야, 둥지에 없었거든.

모든 새가 각자만의 날갯짓을 하며 하늘 길을 따라 날아.

모두 각자의 때에 날갯짓을 하면서.

그리고 모두 자기들의 진짜 보금자리로 향하지.

날아가는 새처럼

계속 나아가자. 계속 살아가자.

바람이 불 때,

탈 줄 아는 지혜로운 새처럼.

두려워하지 말자,

날개는 이미 새와 한 몸으로 붙어 있으니까.

날개는 어디 가지 않아.

그 작은 새는 자신에게 날개가 있음을 알고 믿었을 거야.

진실이니까.

새가 날아갈 때 바람이 받쳐줄 거야.

혹시 알아?

늦게 난 새가

좀 더 좋은 자리를 차지할지.

자신의 하늘 길을 잘 날아서

보다도 아름다운 보금자리에서
자신만의 아름다운 노래를 부를지.
여러 새들의 하모니를 보고 듣고 또 나도 함께 부르며
아름다움을 노래할지.
나아가 보기 전까진 아무도 모르는 거야.

너의 하루와 삶에 평화가 있기를.

13

    선혜가 퇴원한 지 2주가 지났다. 선혜는 다행히 수술할 정도는 아니어서 내가 병문안 간 다음 날 퇴원을 했다. 우리는 2주간 각자의 시간을 살았고 나는 그간 발코니에 쌓아둔 책을 다 읽었다. 그리고 선혜가 퇴원한 지 딱 2주째 되는 오늘, 우리가 병실에서 대화를 나누다 바다를 보러 가자 했던 약속을 지키기 위해 포항 어촌체험마을에 왔다.

    우리는 낮 열두 시에 만나 팔공IC를 타고 대구에서 포항으로 가는 고속도로를 탔다. 내 부모님의 차로. 가다가 포항시로 들어가기 약 27킬로가 남았을 때 영천휴게소에 들러 점심을 사 먹곤 다시 액셀을 밟았다. 고속도로가 끝나고도 고속도로가 이어졌다. 고속도로 톨게이트를 지나 감포, 구룡포 방면으로 빠져 쭉 길을 달렸다. 이어진 길대로, 내비게이션이 알려주는 대로 한동안 쭉 직진을 하면 돼서 운전은 쉬웠다.

고속도로를 타고 오면서 선혜와 이런저런 잡담을 나눴다. 잡담을 하며 여행을 하던 도중에 잠깐 침묵이 찾아왔다. 특별한 이유 없이 대화를 하다 잠시 대화가 없어졌을 때였다. 선혜는 창밖을 구경하고 있고 나는 운전에 집중하면서 잠깐 선혜를 병문안 갔던 날을 생각했다. 그날 신기한 체험을 하고서 내 안으로부터 변화가 생겼다. 좋은 변화였다. 편안하고 신선하고 따스한 기운을 느낀 후에 내 안에서 아팠던 언어들이 다시 온기를 되찾은 것이다. 언어들의 뜻이 복원된 것만 같다. 모두 다 다시 길을 찾았다.

그것은 아마도, 아직은 아마도, 라고밖에 말하지 못할 것 같다. 꿈에서라도 그녀의 유언을 다시 알게 됐기 때문인 것 같다. 길 잃은 언어의 끝에서, 사랑을 기억하게 됐고 되찾았다. 그리고 내 맘 속에서 길을 잃었던 언어들의 끝에서 다시 발견하게 된 사랑이란 말은 아팠던 언어들에 따스함을 불어넣었다. 내가 선혜를 병문안 간 그날에 많은 변화가 생긴 것이다. 그날, 나는 선혜에게 편지와 마카롱을 주고서 병원 밖에 나와 지상주차장으로 가던 길에, 다시 인공정원을 바라봤다. 감회가 새로웠다. 바로 그곳에서 선혜를 만났기 때문이다. 거기서 선혜를 만나게 된 것도 다 어떠한 흐름이었을까? 그냥 우연이었을까. 아니면 운명 같은 걸까. 복잡한 생각을 하고 싶진 않았다. 다만 한번 생각은 해보게 됐다.

그렇게 생각하던 중에 정원 쪽에서 소리가 났다. 예초기 돌아가는 소리였다. 정원 안쪽에서 들려온 예초기 소리를 따라 나는 정원 안으로 들어갔다. 정원사분이 예초기를 돌리고 계실 거라고 예상하면서. 정말 정원사분이 예초기로 작은 인공정원 안에 길게 난 잔디를 깔끔하게 정리하고 계셨다. 내가 예초기 소리를 듣고, 정원사분이시겠지, 하며 생각하고 소리를 따라 들어갔던 건 이유가 있어서였다. 한 가지 여쭙고 싶은 게 있어서다. 나는 오십대 초중반으로 보이는 정원사 아저씨께 실례를 무릅쓰고 다가가 여쭤봤다. 정원사 아저씨께서 예초기를 멈추시고 뭐라고? 하며 다시 물어오셨다. 예초기 돌아가는 소리에 내가 드린 첫 말씀을 잘 못 들으신 것이다. 나는 예초기를 잠시 멈춘 것에 사과를 드리며 양해를 구하고 다시 여쭤보았다. 독보적으로 키 큰 그 나무의 이름을. 정원사분께서 향백나무요, 하고 말씀해 주셨다. 나는 거듭 감사인사를 드렸다. 향백나무, 향백나무 아래서 나는 선혜와 만났다. 그때 문득 그런 생각이 들었다. 우연이든 운명이든 사랑은 어느 하나 놓치지 않고 영원을 담은 의미를 부여한다고.

어느 정도 달리다 감포, 장기, 운천 방면으로 길을 나와 한 번 우회전을 하고 다시 또 쭉 직진만 했다. 그리고 구룡포, 학계리 방면 좌회전 간판이 보이는 신호 아래서 좌회전을 했다. 거기서부턴 마을이 보였다. 길은 커브길이었고, 도로 오른쪽으로 논이 있었다. 주위는 산이 둘러싸고 있었다. 그때쯤 선혜와 다시 얘기를 나눴다.

어렵지 않은 커브를 주행하며 한길을 쭉 달리고 있을 때 선혜가 말했다. 그 길에서 선혜는 조금 진지한 말을 해왔다.

편지 고마웠다고, 그러면서 과거의 남자친구와는 연락을 끊었다고 했다. 나는 딱히 아무 말도 하지 않았다. 그러고서 선혜는 창밖을 바라보며 말했다. 바다가 언제 나올까, 하고. 그때 달리던 그 길은 산으로 둘러싸여 있어 바다가 보이지 않았다. 목적지에 점점 가까워 오지만 나도 운전을 하면서 바다가 보이지 않는다는 느낌이 들었다. 이윽고 그 길이 끝나고 여러 차선이 나오는 길에 들어섰을 때 바로 눈앞에 바다가 펼쳐졌다. 조금 신기한 느낌이 들었다. 주위로 산이 둘러 있는 도로를 넘기니 바다가 보였다. 산과 바다가 다 있는 곳이었다. 우리는 작게 탄성을 냈다.

어촌체험마을을 향해 오르막길을 올라가면서 좋은 드라이브를 할 수 있었다. 딱히 드라이브를 의도하진 않았지만, 아니 솔직히 나도 오늘 운전을 해봄으로써 느끼게 된 것이지만 꽤 좋은 드라이브 코스였다. 길을 타고 오르면서 왼쪽으로 펼쳐진 바다를 볼 수 있기 때문이다. 왼쪽 운전석에선 광경이 좋다. 나는 차창을 내렸다. 나는 운전에 집중해야 되니 앞으로 원근감 있게 펼쳐 보이는 바다에 만족하고, 선혜는 좋은 구경을 많이 했을 거다. 내리는 길엔 선혜는 맘껏 구경할 거다.

이윽고 어촌체험마을에 도착했다. 그곳엔 차를 주차해 둘 수 있는 구역이 있었다. 우리는 주차를 하고 차에서 내렸다. 트렁크에 접어 넣어둔 휠체어를 꺼내 선혜를 태우고 천천히 바다와 마을 구경을 했다. 바람이 꽤 많이 불어 시원했다. 파도는 꽤 크고 강했다. 그럼에도 바다가 고요하고 평온한 느낌이었다. 마을도 바다와 함께 서정적인 느낌이 배어나는 것 같았다.

 어촌마을을 길 따라 쭉 가다 보니 집들 벽에 벽화가 그려져 있는 것을 볼 수 있었다. 어린아이들 그림, 물고기, 문어, 산호초, 우산 등 모두 귀엽고 아기자기한 벽화들이었다. 선혜와 함께 벽화를 구경하며 잡담을 나눴다.

 그리고 다시 차로 돌아와 휠체어를 넣어두고 뒷좌석에서 목발을 꺼냈다. 해변으로 내려갈 수 있도록 해변 위로 돌계단이 세워져 있다. 선혜의 다친 발에 무리가 가지 않도록 조심히 천천히 계단을 내려 바닷모래를 밟았다. 돌을 쥐고 바다에 던져보기도 했다. 바다 냄새가 참 좋았다.

 바다를 구경하고 나서 우리는 어촌마을에 있는 카페로 향했다.

 우리는 지금 음료를 시켜놓고, 카페에 들어오자마자 정면 큰 유리 통창으로 바다가 한껏 눈에 들어오는 자리에 앉아 쉬고 있는 중이다.

 널따랗게 볼 수 있는 드넓은 바다를 보니 마음이 시원하다. 그런데 해변에 올라오는 파도의 끝자락을 보는데 왠지 모를 아련한 감정도 느껴진다. 뭍에, 해변에 계속해서 올라오는 파도의 끝자락, 마치 추억 같다. 추억을 치는 것만 같다.

"무슨 생각 해?" 선혜가 물었다. 나는 옆에 앉은 선혜에게로 고개를 돌렸다.

"응?"

"무슨 생각을 그리 하냐고." 하며 선혜는 가볍게 웃으며 말했다.

"아, 잠깐 옛날 생각이 나서. 하고 싶은 게 있는데 망설여져."

"뭔데 그래?"

"통화를 좀 하고 싶어. 옛날에 봉사했을 적 알게 된 누나의 어머님께 말이야."

"하고 오면 되지. 뭘 그리 고민해?"

그러면서 선혜는 또다시 웃었다. 선혜도 내 얘기를 알고 있다.

"잠깐만 통화하고 올게."

나는 전화를 해보기로 했다.

"다녀와." 선혜는 앉은 채로 약간 천진하게 손을 흔들었다.

나는 카페 층계를 내려 바닷가로 향했다. 바닷가 한가운데 서서 폰을 들었다. '그녀'의 어머님의 번호는 연락처에 저장되어 있다. 나는 통화를 걸까 말까, 잠시 망설였다. 망설여지는 이유는 모르겠다. 나는 그 감정 그대로 그냥 통화를 걸었다. 신호음이 울린다.

신호음이 가는 동안 나는 천천히 내가 있는 자리에서 아무 방향으로 걸음을 옮겼다. 거의 제자리걸음이었다. 눈앞에 바다가 아니라 카페가 보인다. 카페 2층 넓은 통유리창을 통해 선혜가 정면으로 보인다. 선혜도 위에서 나를 보고 있다. 선혜가 크게 손을 흔든다. 한 손에 커피잔을 든 채로. 신호음은 계속 이어지고 있다. 이윽고 선혜가 손을 흔들며 활짝 웃었다. 그리고 뭐라고 말하는데, 정확히는 모르겠지만 입 모양을 보니 안녕, 안녕, 하고 있는 것 같다. 반가움을 표시하고 있다. 계속 같이 있었으면서. 선혜가 계속 손을 흔들며 안녕, 안녕, 하고 나도 선혜에게 보이려고 손을 올리려 하고 있는데, 신호음이 사라졌고, 나는 놀란 마음에 잠시 할 말을 잃은 가운데 저편에서 목소리가 먼저 넘어왔다.

"수산이니…?"

작가의 말

읽어주셔서 감사드립니다.

길 잃은 언어의 끝에서

초판 1쇄 발행   2025. 5. 28.

지은이   정민우
펴낸이   김병호
펴낸곳   주식회사 바른북스

편집진행   박경원
디자인   김민지

등록   2019년 4월 3일 제2019-000040호
주소   서울시 성동구 연무장5길 9-16, 301호 (성수동2가, 블루스톤타워)
대표전화   070-7857-9719   **경영지원**   02-3409-9719   **팩스**   070-7610-9820

•바른북스는 여러분의 다양한 아이디어와 원고 투고를 설레는 마음으로 기다리고 있습니다.
이메일   barunbooks21@naver.com | **원고투고**   barunbooks21@naver.com
홈페이지   www.barunbooks.com | **공식 블로그**   blog.naver.com/barunbooks7
공식 포스트   post.naver.com/barunbooks7 | **페이스북**   facebook.com/barunbooks7

ⓒ 정민우, 2025
ISBN 979-11-7263-404-9 03810

•파본이나 잘못된 책은 구입하신 곳에서 교환해드립니다.
•이 책은 저작권법에 따라 보호를 받는 저작물이므로 무단전재 및 복제를 금지하며,
이 책 내용의 전부 및 일부를 이용하려면 반드시 저작권자와 도서출판 바른북스의 서면동의를 받아야 합니다.